行者拉班·扫马的收集与爱情

广奈——著

四川文艺出版社

图书在版编目（CIP）数据

行者拉班·扫马的收集与爱情 / 广奈著. -- 成都：四川文艺出版社，2024.5
ISBN 978-7-5411-6796-6

Ⅰ. ①行… Ⅱ. ①广… Ⅲ. ①长篇小说 - 中国 - 当代
Ⅳ. ① I247.5

中国国家版本馆 CIP 数据核字 (2024) 第 031233 号

XINGZHE LABAN SAOMA DE SHOUJI YU AIQING

行者拉班·扫马的收集与爱情

广奈　著

出 品 人　冯　静
出版统筹　周　轶
责任编辑　苟婉莹
责任校对　段　敏
封面设计　广　岛
责任印制　崔　娜

出版发行　四川文艺出版社（成都市锦江区三色路 238 号）
网　　址　www.scwys.com
电　　话　028-86361802（发行部）
　　　　　028-86361781（编辑部）

排　　版　四川看熊猫杂志有限公司
印　　刷　成都蜀通印务有限责任公司
成品尺寸　125mm × 185mm　　开　　本　32 开
印　　张　7.5　　字　　数　150 千
版　　次　2024 年 5 月第一版　　印　　次　2024 年 5 月第一次印刷
书　　号　ISBN 978-7-5411-6796-6
定　　价　48.00 元

伪序

去年夏天，我的脑子里长出了一个奇怪的东西，医生说可能是个胚胎，脐带连接着我的大脑，无法做切除手术，只能等胚胎成形。大约一个月后，胎儿从我的口中滑落，护士说：“它长了六只脚，看起来像一只体形巨大的蜘蛛。”父亲在一旁沉思：“应该给他取什么名字呢？”我扶着纱布缠绕的大脑，说：“要不就叫蜘蛛吧。”蜘蛛立刻开口说话了，它说在它的身体里，有一本被封印的书，叫作《∷︹︶ㄍ ¶Д ┆┤▩》，如果谁能打开它的身体，就能看到这本奇特的书。护士将信将疑地说：“要打开你的身体吗？”于是她把蜘蛛扔进绞肉机里剁成了肉泥，运用造纸技术，把它做成了书。——这个故事很显然是假的，甚至不能成为一个合格的故事，完全不能使人信服。关于《∷︹︶ㄍ ¶Д ┆┤▩》这本书的来源，其实是这样的：

去年夏天快要结束的时候，我正在郊外爬山，因为常常听说有人在山上见到一种奇怪的生物，不过都是一闪而过的魅影，也没有人证实那到底是什么，我便准备利用假期的余末去山里转转。走到半山腰时，有一座寺庙出现在了前方，这寺庙我很熟悉，叫能愿寺，我的爷爷年轻时曾在寺里躲避过一段饥荒，后来总是向我说起那段往事，“如果不是那些贡品，我早就饿死了。”如今能愿寺已经荒废，只剩几座破烂的塑料佛像，殿堂内积满了灰尘，我本想在门口台阶上休息片刻。大约一刻钟后，身后传来了一阵奇怪的声音，我扭过头去看，一个比佛祖的脑袋还要光滑的圆形头顶出现在我面前，怒目圆瞪，嘴巴占据了脸部的一大半，眼睛以下几乎全是嘴，像猫的裂唇一样。然而它的毛发却出奇地蓝，像天空一样深邃，口中咿咿呀呀地说着什么，但我并不清楚。我想，这应该就是人们说的奇怪生物吧。我说，你到底是什么东西？它立刻将椭圆形的手伸进肚子里，它的肚皮上竟然有个类似袋鼠育儿袋的开口，也许它正在掏着自己的内脏。我想，它会把自己的肠子掏出来呢，还是心脏呢？随后，它拿出了一本书：《∷⌓⌣巛¶几┆┤▩》，然后用它的小肠子扎了一个漂亮的蝴蝶结，放在地上就跑远了。

——我实在不懂撒谎的技巧，也不知道如何编出一个合理的故事。这个场景当然是假的，如果确实是这样的话，那么我会用肠子上吊。既然如此，还是让我原原本本、老老实实地交代本书的真实来源吧！

去年夏天，我在家养病，父亲送给我一本名为《∷⌓⌣巛

¶Д ┆┤▩》的书。他说，你如果无聊，就把这本书翻译出来吧。因为父亲是回收废品的，经常会有一些去世的老人，他们的家属将旧书清理掉，父亲在一堆回收的破烂货里看见了这本书，便拿给我解闷。我以前从未见过书中的文字，对作者也一无所知。心怀好奇，便在网上搜寻，总是没有痕迹，不过功夫不负有心人，终于我在一个帖子上看到一个外国语研究学者做的索引目录，查到作者的中译名叫废阿泥东，是个古伊国人。"废阿泥东，（1997—2012—865），生于 1997 年，于 2012 年穿越至古伊国，卒于 865 年。古代著名小说家、文体家、发明家、游荡者，著有《废阿泥东月本》《莫兹文体》，其作品不曾被翻译成任何外国文字。"

我立刻关注了这位古伊国语学者，给他发了一条私信：请问您从何处得知废阿泥东确有其人呢？我这有本《 ∷ ⌒‿巛 ¶Д ┆┤▩》，按照您提供的词汇翻译信息，这本书应该叫作《废阿泥东月本》。最近我想翻译全本，但是，目前国内还没有《古伊国语词典》，国外我也没有找到，您这里有吗？

随后我收到了他的回复：我在旧书摊淘到的《 ∷ ⌒‿巛 ¶Д ┆┤▩》（《废阿泥东月本》），《 ∷ 》我这也有几本。《 ∷ 》就是《古伊国语—汉语词典》，要是你感兴趣的话，我可以给你寄一本词典。

后来，在他的帮助下，我顺利拿到了《古伊国语—汉语词典》，也明白了书名"废阿泥东月本"的意思，"月本"即未完成的小说，写完了的小说在古伊国语中称为“日本”。我用了一年左右学会了古伊国语言，顺利读完这本书。我下定决心要将它译成中文，让人们知道那个被遗忘了的废阿泥东——他正在重现。炎热的夏季，每译完一章，我都会停下来让自己思考几天，再拿给那位古伊国语学者阅读。我知道，无论我怎么翻译，都无法将《废阿泥东月本》的精致与诡异呈现出来。学者读完后，对我说，这本书的原名对异国读者而言不得要领，不如换成一个通俗易懂的名字，《行者拉班 · 扫马的收集与爱情》怎么样？还比较符合主题。

《行者拉班 · 扫马的收集与爱情》，就这样吧！我说，就叫这个书名。

在学者的指导下，历时半余年，第一本《废阿泥东月本》（《行者拉班 · 扫马的收集与爱情》）中译本诞生了。但我的任务仍未完成，正如之前所说，“月本”代表未完成的小说，这部小说的主人公走到了旅途终点，至于其归程的内容，不知是废阿泥东有意未写，还是尚未发现后半部分的文本呢？我想，我会找到答案，以填补剩下的月本。

2019.12.13

于樱桃河

目 录

CONTENTS

收集者

•

一

拉班·扫马[1]与马可·波罗在迪奥米拉城相遇，他们亲切地交谈起来。

“我是来自西方的马可·波罗，我要去东方，为忽必烈汗讲述我所见到的每座城市。”马可·波罗说。

“我是来自东方的拉班·扫马，我要去西方，在我所经过的城市中收集那些被奉为经典的小说。”拉班·扫马说。

“这几乎是一件不可能完成的事情，它太庞杂了。历史上有那么多收集者，他们最后要么失败要么消失于旅途中。我记得11世纪有位雨水收集者，他计划在一

1　拉班·扫马：1225—1294年，景教教士。1276年，得到忽必烈的许可，踏上向西的朝圣之路，逝世于巴格达。

年之内集起一座城市所有的雨水，遗憾的是，第二天他就失踪了——被暴雨冲进了河流，从此没有消息。”马可·波罗说，“其实你的小说收集任务比雨水收集更艰难，因为时间是流动的，你根本不知道它究竟在向前发展还是向后逆流，出现于时间中的人与物也在不断改变。我还得提醒你，城市与城市之间，没有明确的距离和界限，有时候，目光所及的某座城市，可能你永远也无法进入，然而一些看起来更遥远的，或许已从地面上消失了的城市却会突然向你敞开大门。”

“多谢你的提醒。我知道，正因时间在变形，我们才能相遇此地。”拉班·扫马说，“如果不去收集小说，我就无事可做。我的天使已为我密谋出了这条神圣之路——成为世界上第一个小说收集者。就像你，亲爱的马可·波罗，你必将东行，找到东方的财富，为忽必烈汗讲述那些看不见的城市。而我必将向西寻求，在每一座城市驻足片刻，发现那些隐秘的文稿，交给我的天使，他自然会整理成册。”

“有些文章已经丢失，有些却还未出现。”马可·波罗说。

“这一点也不困难，一本书不论于何时出现——说明它总会现身。我只是忽略掉了时间的限制，要么提前几个世纪预见了它，要么延迟了一段历史去发掘它。你得知道，一本未来的书，不仅会对它出现以后的世界产生影响，也会使曾经的历史发生某种改变——而我只要沿着这些被改变的痕迹，走向终点，就能得知它于何时何地产生、由谁书写以及所写的内容。”拉班·扫马说。

虽然马可·波罗不相信拉班·扫马能够收集每座城市的经典，但他仍然认真地倾听，他知道，面对如此沉重的使命，不是每个人都有勇气去完成，即使拉班·扫马失败了，他也是当之无愧的英雄。“我期待与你再次相遇，请允许我为自己命名为‘西方的拉班·扫马’。”马可·波罗说，“当我们再次见面时，我将虔诚地倾听你讲述你所寻找到的每一本经典。”

“当你穿过一座存在着未来所有形式的城市——一个含着一个，紧紧相贴的城市，而我于9月的黄昏再次抵达迪奥米拉，我们便会在某本书里相遇。”拉班·扫马说。

流体·之一

也许我应该首先说说迪奥米拉城的爱德克斯家族小说。

迪奥米拉城拥有一部世界现存最古老的小说，它同时也是世界上篇幅最长的小说。从爱德克斯一世开始，其家族每一位成员都会将自己的生活经历写进书里，直到死去为止。这部小说从七千年前一直书写至今，仍未断绝。目前，迪奥米拉城的爱德克斯家族已形成了两千多个支脉，他们的生活故事都汇集于《爱德克斯家族》这本书中。每个人的写法各有差异，每一代人的用语习惯也各不相同，有些融入了方言、外语，也有一些成员自创了新的语言，他们所经历的生活甚至毫无交集，将他们彼此联系起来的只是：谁是谁的儿子，谁是谁的祖先，谁爱上了谁，谁离开了谁。所以，读者要想读懂这本书，首先得厘清爱德克斯家族长达七千年的人物谱系。

有人将这本书称为迪奥米拉版的“千年孤独”，因为马尔克斯曾在某次隐秘的论坛上提起，“《爱德克斯家族》是我写作《百年孤独》的灵感来源。”但是，《爱德克斯家族》不属于魔幻现实主义文学，这种简单的分类显然无法体现出它的特色，实际上《爱德克斯家族》的内容一点儿也不魔幻，一切都在描述历代人的真实生活。它缺乏一个贯穿全书的主人公，既没有高潮也没有结局，每个人在其中所占的内容不过几十年而已。就连爱德克斯家族的成员，也不知道该将这部小说归为哪一类文学。迪奥米拉图书馆只好单独为其设立了一间馆藏室，每天前来阅读的市民络绎不绝。一些学者注意到，这部小说或许可以用于研究迪奥米拉城的语言流变史，或者人口迁徙史，其家族人口的流变，刚好应证了迪奥米拉城的两次人口大爆发事件。个体的经验成为历史的一部分，人人都在为自我立传，意图在消逝的历史长河留下自我的痕迹，然而他们却共同汇成了河流，彼此淹没，谁也无法幸免。

《爱德克斯家族》的存在无疑会令外来人感到惊叹，当然也会使一些人觉得索然无味。迪奥米拉人常说，了解历史最好的方法不是阅读历史，而是阅读《爱德克斯家族》，不过，遗憾的是，从来没有人将它读完过。

流体・之二

在遥远而寂寞的贝莱尼切，只存在一本书:《沙漠与海洋》，它又被称为“无限的小说”。据说你只需要拥有这一本书，就能读到永不重复的故事。

《沙漠与海洋》已经存在六千多年了，它一共有 1986 页，但这只是它的存在形式之一，它的每一页都可以与任意一页调换顺序，读者也可从中抽离几页，分离的各部分依然能组成完整的小说。

也许我用“刹”来衡量它会更加具体，它的每一张都没有固定页码，因为有些学者指出，《沙漠与海洋》是一个整体结构，每一“张”之间不存在先后顺序，也没有主次关系，因此，用“第 × 张”“第 × 页”称呼它不符合本书的编排原则，它的存在本身就是为了消弭张与张、页与页之间的界限，人为编排只会使它沦为平庸的读本，也破坏了这本书的审美内涵。在贝莱尼切，一“刹”成为一个专用于形容《沙漠与海洋》的量词，“刹”即一页故事。故事的特性，不在于它已完结，而在于它的延续，贝莱尼切人信奉：所有的故事，都应当是未完成的。如同沙漠绵延无尽，又像海水宽广无边。

通常情况下，书里的每一张纸有两页内容，而《沙漠与海洋》只有正面有文字，背面则是一片空白，因为这样方便排序、组合。关于《沙漠与海洋》到底有多少种阅读方式，至今没有学者认真计算过，对于贝莱尼切的居民来说，这不是一个重要问题。有时候，你会在街上看到调皮的小孩抽出《沙漠与海洋》中的六张纸，将其拼成一个六面体，它的任意一面既是开始也是结局，按照不同的顺序阅读这个六面体，则每一面有 1 × 4 × 3 × 2 × 2 × 1=48 种读法，整个六面体有 288 种读法。除去六面体,《沙漠与海洋》还可拼成七面体、八面体、九面体……三百五十四面体……一直到一千九百八十六面体!

大多数人没有时间将其拼成立体图形，因而“乱序阅读”和“抽离阅读”才是常用的两种方法。所谓乱序阅读就是保证《沙漠与海洋》完整性的前提下，随意打乱其内容。它的每一刹都能与剩下 1985 张中的任意一刹产生联系，你尽可放心取阅，首先阅读第 1 刹，再阅读第 583 刹，再跳跃到第 13 刹，直到最终读完整本小说。抽离阅读则比较适合那些闲暇时间不那么充裕的读者，从《沙漠与海洋》中抽取部分纸页，少则一两刹，多则几十刹，使之形成容易阅读的短篇或中篇小说。另有读者设计出了一种“树状阅读”模式，结构如下（一个正方形代表《沙漠与海洋》的一张内容）：

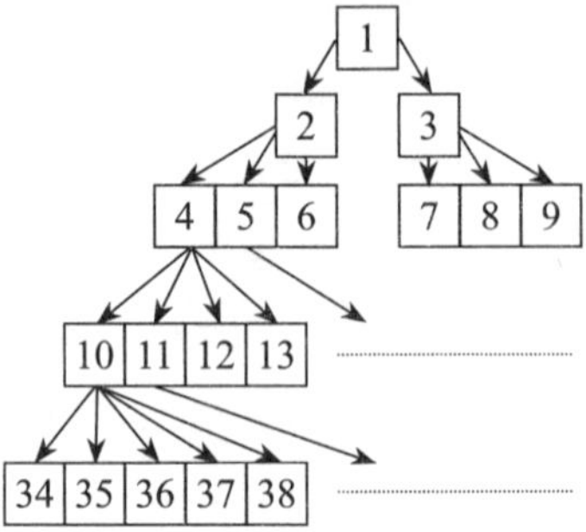

树状阅读的分叉有固定的顺序，按照两枝、三枝、四枝不断发展下去。值得注意的是，树状阅读的每一枝都是一个单独的故事，1-2-4-10-34……为独立的短篇，1-2-5-14……则是另一个短篇，它们共同组成了一个长篇故事，即 1-2-3-4-5-6-7-8-9……进行树状阅读时，不可一枝读完，而应从上到下，从左至右依次阅读，无数单枝故事互相缠绕，各部分不可分割。树状阅读不适合每个人，它需要读者拥有超强的记忆力，不然就会混淆每一枝的情节。

在贝莱尼切，人们讨论最多的话题就是《沙漠与海洋》中的故事内容。如若在这座城市的某处街道，你与其中的市民交谈，提到最近正在阅读《沙漠与海洋》一书，他便会热情地告诉你："太棒了，我也在读《沙漠与海洋》。"但你会发现，由于阅读顺序的改变，其实你们接受的不是同一个故事。在你的序列里，小哈巴狗沉溺海水，月亮失去光照而死亡，妖女同时爱上了情人与他的父亲；而在对方的序列里，小哈巴狗变成了人，正在沙漠与妖女耕种生活；甚至在一些人的序列里，根本不存在小哈巴狗和妖女的形象——他们恰巧抽离了这几刹内容。《沙漠与海洋》里的角色数以千计，不同人的阅读序列中，有着不同的主角。有时仅仅是微乎甚微的差异，就能发生翻天覆地的改变。

《沙漠与海洋》适应了不同人群的阅读习惯，它本身是一团由符号组合成的稳定结构,却在不同人的手中有了各种变形。也许在十年后，或者百年后，你再次穿行于贝莱尼切，与他人谈论起这本小说，你会发现，人们仍在阅读不同的故事，经历不同的人生。

若是你的运气足够好，一次偶然的碰面，便会发现某个人正在阅读与你相同的序列。可能是在咖啡店，也可能在公园的某处木椅旁，你们会坐下来聊聊最近的奇遇，从小说内容谈到现实生活，你们会点头微笑，感叹彼此都曾浪费太多时间，或是说声实在抱歉，今天阳光尚好但行程匆忙，约定他日再见，也许离别后两人没能再次相遇，但比起一生都在苦苦寻求偶遇的人，你们已得到了上天的眷顾。这种幸运不是谁都能拥有的，就像沙漠与海洋那样，虽处于词语的两端，却能在大陆西岸有一次决然的相连。

当你跋山涉水，跨越几百年的时间，终于在茫茫世间找到了那个阅读同一种序列人，不论是否拥有对方，从此以后，你的《沙漠与海洋》只有一个故事，只剩唯一的排列方式。而这种邂逅，不只发生在贝莱尼切。

流体·之三

民主城市克洛艾的书籍数量是该城总人数的五十倍，在26世纪初，一次最具决定性的选举大会上，书籍以多数票压倒人类，成为了克洛艾城的统治者。

“阅读”在克洛艾是一项特殊的荣誉。人类被摆放在书架上，按照国籍、性别、年龄、性格特征等分门别类，等待书籍前来挑选它们的阅读者。成为商品似乎并不是出于人类的自愿，但绝对出于他们对选举权的尊重，这种权利同样也适用于非生命的物品上。每当一本书有了独立的选择权后，它就会摈弃拙劣的读者，专门挑选那最适合它也最懂得它的一个人——打开它，翻阅它的内心，理解它脆弱又复杂的感情，为它书写评注，将它的生命以另一种形式呈现，就像爱人看见彼此的内核，写下永恒的誓言。这个过程实在艰辛漫长，正如“爱”可遇而不可求。常有书说，一本书一生中最难忘记的有三个人，一个是第一次打开它的人，还有一个则是将它翻阅得遍体鳞伤但最终抛弃的人，最后一个，则是让它重新变得完整，并与它共度余生的人。

“遗憾的事件”却是常有的，这是连接书与人的重要元素之一。作为一名专业的读者，除了学会讨好一本书，还必须掌握编辑、折叠（一种书术[1]，属于无限瞳术，将眼见的事物封印于一本书或一张纸内，进行无限次折叠，使物体趋近于零）和评论等各项能力，最重要的是：学会爱。一本有良知的书不会过多相信那些花言巧语，它会收集不同人群的意见，逐渐完善自身。读者们必须把握机会，在被书籍挑选阅读后提出合理建议，成为一个令统治者满意的阅读产品。评语写作有一定规范：书名、阅读时间、阅读地点、关键词、中心论点……当然，读者也可以放弃阅读，拒绝书写任何文字。日渐累积，书籍们要么忘记他们的存在，使其沦落屋角积满灰尘，要么偶然发现了他们，觉得毫无用处，索性扔进垃圾桶里，或者廉价卖给其他书籍。

一个读者需要认真对待他的每一本书，不含糊其词也不

---

1 书术：即读书的法术。常见的有量子阅读法——将小说进行最小单位分割，变成一堆量子，然后通过观测量子运动以及量子之间的角色扮演来了解整部小说的情节；吸星大法——在有星星的夜晚，坐在夜空下摊开一本书，让月光和星光照耀书中的文字，这些书籍的内容也会被星球吸收，于是，读者只需要沐浴光中，就能感应到书中的故事；盲读——一般意义上，盲读就是闭着眼睛阅读，但其实，阅读是人与书互相凝视的过程，书对人的凝视会给读者带来理解的干扰，因此“盲读”的意思是，读者需要找到一篇文章的题眼，然后挖掉文章的眼睛，使一本书变成盲书，读者再对其进行阅读，这样可以使读者极大程度排除书籍设置的干扰。

夸夸其谈，如果遇到实在艰深晦涩的内容，对它说声：“不好意思，我现在还没有能力为你批评指正，只能勉为其难地将你读完好吗？”大多数书籍并不会过分苛责他们，因为一本书知道，它得在时间的长河中经历无数次寻找，才能发现少数知己。它不会因为将这少许时间花费在普通读者身上而苦恼，也不会为了他们改变自己，一本书的生命比一个人更长久，它愿意等待下去，穿越长河，就像在等待一种类似爱情的东西。

一些意外也经常在克洛艾人类商店里发生，有些人厌恶了被挑选阅读的宿命，漫长的等待耗费了他们所有热情，在没有管理员的时候，他们便从货架上跳了下去，了结这监狱般的生活。有些人由于没能写出令书籍满意的评论，内心日渐异化，产生报复社会的行为，枪战、谋杀、抢劫、强奸……在货架上持续上演。关于藏尸、关于婚外情、关于革命起义……所有事件即使改变了时间地点，只要有人类存在的地方，时刻都在发生着。克洛艾人类商店的管理员们——灰帽蓝衣制服笔，在偶然观察到这些发生于玻璃橱窗后的事件时，便将它们记录成有趣的故事，编纂成新的书籍，当它们成功出版后，就会来到人类商店，挑选它们的第一批阅读者、第二批阅读者……似乎是在寻找身体里早已写下的另一半，那是来自人类的故事，却形成了书的生命，也许这是冥冥注定，也可以叫作缘分。“他们在哪里呢？在我们出生之前，就已经存在的那些人，他们在哪里呢？”

流体 · 之四

他们一点儿也不喜欢重复。每日面对重复的事物对他们来说就是一种折磨，在莱奥尼亚的文化里，西西弗斯的神话故事有另一层含义：笨蛋生活的行为艺术。

莱奥尼亚的居民每日都在与过去的生活告别，他们极尽可能地创造新事物。不论是城市建筑、公交设施、日用家具还是思想文明的内容，都时刻处于被更替的状态中。总而言之，这是一座高速发展的城市，他们甚至想超越时间的速度。

对于文学作品，他们也一味求新求奇。在这里，每一本小说都不能出现重复的文字，这不仅是对一本小说内部所做的审美要求，而且要将所有小说放置于同一参照体系中，一旦有某本小说使用了某些文字，其他小说也不能再书写它们了。莱奥尼亚人有着过目不忘的本领，他们能准确地说出读过的书里描写了什么内容、使用了哪些字。因此，当一本新出版的小说重复了这些内容时，这位作者就会遭到人们的唾弃——他毫无创新能力，只会尾随天才的影子捡拾词藻垃圾。这位作者和他的书籍无疑会像废品一样被丢弃于郊野的巨型基站，成为莱奥尼亚最污秽的一部分。

也正因为莱奥尼亚这座城市的居民拥有源源不断的创新精神，为了满足市民日益增长的文化需求，词语工作委员会昼夜不息地创造新的文字。莱奥尼亚简直可以被称为“世界文字之都”，在这里，每天有十万多个字被制造出来，它们结合了汉语、日语、英语、俄语、阿拉伯语、拉丁语等语言特色，再结合各种动物的发音方式为这些新生文字注音，至于其意义，则由另一个庞大的官方机构负责。文字每日被创造出来，只有那些拥有高超学习能力又思维敏捷的作者才能在短时间内掌握它们，对其进行编排，书写新的小说。相比其他城市，莱奥尼亚的文字更新速度达到令人望尘莫及的地步，但其文学作品的更新速度却相对较慢，作家既要博览群书又要学习新知识，更要了解读者的阅读偏好，还得写出之前从未出现的故事……有时候即使完成一篇自己满意的作品，读者也不会感兴趣，要么他们看不懂，要么他们觉得这些内容已经过时了。时间时刻改变人们对事物的看法，爱、憎、喜、乐、悲、怒都在时间里无序地闪现，作家无法改变时间，只有尽可能接近它，寻找它的本质。曾经有位莱奥尼亚的作家提出“时间以固体形式存在”的假说，在文学界引起了爆炸式的轰动——人人都如淘金者般寻找一块时间固体，但随着“时间”的改变，这个假设也被越来越多的人推翻。在如此迅速发展的莱奥尼亚，除了时间，好像没有什么东西是永恒存在的，昨天的真理，变成了今日的谎言，今日的繁荣，也会成为明日的废墟……如果人们不主动学习新的语言和知识，第二天早上起床就会发现自己变成了一个远古的文盲，似乎与其他人隔着几百个世纪。

据说每年的 12 月 30 日，莱奥尼亚都会举办创新文学节，在这一天，全城市民会评选出本年度使用最多文字而无一字重复的长篇小说，作为莱奥尼亚年度创新文学奖的唯一获奖作品，该作者将在接下来一年里担任莱奥尼亚城的文学主席。很不幸，现在才 6 月中旬，我没有机会看到莱奥尼亚盛大的创新文学节。我只会在这里待上短暂的几天，不过，仅仅是几日时间也足够使我对莱奥尼亚人有了深入的了解。

他们崇尚新知识新事物，只要是最新的一定就是最好的，所以他们始终认为自己生活在最好——最好——最好……最好……最好还将继续最好的状态中。事物的腐朽与一成不变都令他们感到厌恶，为此，莱奥尼亚人在城市的边缘修建了一个巨型基站——那是一本摊开的呈放射状的书：茨威格《昨日的世界》。人们只需站在入口处，将废弃的垃圾、陈旧的物件或者谋杀的死者丢入其中，它们就能迅速被书页吸收，当然，如果有人一不小心掉进去，也会从此消失。每天在这里排队的人络绎不绝，从郊区到城市，去往“昨日的世界”与追寻“未来”

的都是同一批人。

莱奥尼亚的建筑被摧毁又被重建，文字被书写再被遗忘，旧有的事物被抛入昨日世界，新的生命在坟墓里诞生。而在一个睡梦之后，他们醒来又开始着手努力工作，将一切事物朝着“未来的模样”进行改变。当我问到一个正在《昨日的世界》入口处排队的市民，是否有什么珍贵的物品可以被保留，得到的回复却是：“那有什么意义，你真是一个西西弗斯。”我明白西西弗斯在莱奥尼亚语境中的意思——一个沉溺过去，毫无创造力的人，现用来形容最为愚蠢的白痴。“去未来吧！”这座城市的每个角落都在如此诉说。

还好我只是以一个收集者的身份暂居此地，不论是面对这座城市还是阅读其文学作品，一种压抑的氛围始终笼罩着我。站在即将拆毁的五十二层塔楼上，我眺望这座城市的全貌，一切都在运动着，永恒而顽固地运动，我看见城市巨大的躯体，像个正在腐烂的钢铁巨人，人们在它身体上蠕动，蛆虫一样，一群群，分散又聚合，我不知道他们究竟是想救活这个倒下的巨人还是在啃噬它的肉体……也许他们尚未知道，他们只是在以不同的方式，承担事物更替的齿轮，不过有些人会更容易磨损，有些人则更坚固，最终，人们会与那些被抛弃的物件一样，也被未来的人抛入《昨日的世界》。

一周后，我离开了莱奥尼亚，花费一上午时间才找到离开这里的城门，它与我初来时已完全相异了，新城门是一座五十二层的塔楼，据说站在上面可以看见远处另一座城市的全貌。所有人都很好奇，远方的城市究竟是怎样的形状，说不定他们会按照那座城市复制出莱奥尼亚未来的模样。无论如何，不管是对另一座城市，还是对这座城市，生活在这里的人都会感到陌生吧！离开时，我本想带一本小说作为纪念，可还是放弃了，因为此处没有经典留存。

流体·之五

菲朵拉是一座变幻莫测的城市，将一本书从阳光下挪至月光下，受到温度、光源、时间和空间改变的影响，书籍除了发生物理变化，书中的内容也会发生化学反应。太阳照耀下，手捧一本故事书，它会变得尤为清凉，像带你进入了一片湖泊，在瀑布下游泳，又像置身于飘着小雨的黄昏，你踩在青苔上不知往何处去。若是夜晚拿起手中的书，它会微微闪烁，如同一颗正在坠落的流星。内容的改变不受思维控制，你恰好在读一则童话故事，突然窗外响起喇叭声，你手中的书立刻变成了一本《出逃指南》；旁人打了一个喷嚏，它察觉到这轻微的晃动，书里瞬间出现一行关于台风的记录。有时候，你正读到最吸引人的部分，却只是因为稍微挪动了一下位置，背靠窗台，书中内容就会发生天翻地覆的变化，恐怖故事转换为爱情小说——你又得重新进入一个新故事了。

但是，读书也是一件危险的事情，在菲朵拉阅读，发生改变的不只有书，有时也会让读者产生变化。如果你是一位百万富翁，在阅读到某本以乞丐为主角的小说时，你的金钱也会渐渐流失，等你合上书页，会发现自己正蹲在河边的桥下，衣不蔽体，昔日的荣光已经逝去，如今迎来的是穷困的后半生。但也有一些更不幸的事情会发生，假设某一页上，正好有人被远处的子弹击中，你也无法幸免，在还未读完时，你就会受到致命一枪，从阁楼上掉下来。一本书有成千上万个读者，每个人都会默认自己是书中的主角，永远能够陪伴他们读到最后。而在菲朵拉，并不是所有读者都能幸运地成为主角、阅读主角的一生。他们会被命运的骰子选中，成为那些无关紧要的芸芸众生，成为革命者脚下的尸体，成为被宰的猪，成为一个家破人亡的叛徒，成为魑魅厉鬼，成为一坨牛粪，成为恶的一部分。总之，菲朵拉这座城市实在太大，并不能让所有人都有一帆风顺的幸运，“阅读”和“祈祷”一样，命运随机安排了你的人生，也随机安排了你的死亡。尽管如此，仍有人选择进入这场阅读的豪赌，最危险的道路往往充满了致命的诱惑，因为“阅读”是改变人生的一条捷径，一旦被命运眷顾，便能走向人生的巅峰。“既然生活已经无路可退，还会惧怕失去什么呢？”菲朵拉聚集了大量外城的流亡者，他们也许是罪犯，也许是难民，也许只是行者，人们来到这里的唯一目的，就是通过阅读获得新生。主角，一个多么吸引人的词语，似乎之前的人生一文不值。只要到达了菲朵拉，就有成为主角的机会，在阅读的圈套里，无数人死在了沟壑中，滋润菲朵拉的泥土，丰富这座城市的幻梦，消散为蛊惑人心的空气。越来越多的尸体堆积成山，新来的囚徒一路攀登，令他们产生通往自由之路的感觉，于是有人举起了双手，像在拥抱希望。但在遥远的人看起来，那种姿势更像是标准的投降。

收集者

•

二

拉班·扫马沿着河岸散步，看见一个收集者正站在码头旁，手里举着一个玻璃瓶朝向天空。

“我能打扰你一下吗，请问你在收集什么呢？”拉班·扫马好奇地问道。

“我在收集夜晚。”男人说，“与夜晚有关的一切——空气、声音、乌云、星星、月光……我要将它们全部收集起来，送给我的爱人。”

“可是，这个瓶子似乎有点小，装不下今晚的夜空吧。”拉班·扫马说。

“没事，今夜我只想收集一点月光，明天再继续收集剩下的月光，还有星星。”男人说，“你呢？你也是收集者吗？”

“是的，我是一个小说收集者，收集与小说有关的一切——文章读法、词语修辞、写作形式、书籍形态、思想观念，等等。”

“那可是一个艰巨的任务，从符号到小说，一点点累积起来，形成世间数以万计的小说。且不说那些存在的，就连死去的小说也不计其数，你要如何收集？”男人问。

“我只会去寻找那些令我感兴趣的、让我喜爱的经典作品，如同你用真心收集了一颗星送给你的爱人。世间小说被切割、分散又部分聚合，有些甚至快被人们遗忘了，我得努力找到它们，就像在亿万颗星找到那最爱的一束光。虽然有些星星已经死亡，它们的光却仍然存在，沿着这条跨越时间的轨迹，我就会找到那些已消失了的小说。”拉班·扫马说。

“就像星星一样。”男人点点头，指着天上的一颗星说道，“那是小王子曾经生活的 B612 星球，但它已经毁灭了，正在发出耀眼的光。”

拉班·扫马和男人一起坐在河边，看着无数死去的星星，像一场盛大的葬礼，在这个宇宙中，生者与死者同时存在。

破碎·之一

“为了让人们记住曾经存在过的动物，特奥朵拉图书馆的书柜里珍藏着布封和林内的著作。”特奥朵拉图书馆馆长告诉我。

“但是，如果没有见过实物，随着时间流逝，人们会越来越不相信书中记载的内容。”我说，“就像《山海经》里面的怪物，也许它们真实地存在过——但现在很少有人会相信。蛊雕、穷奇、驳、冉遗鱼……这些稀奇古怪的名字就像某种符号。某种，假象……”

“不一定要亲眼看见才能证明他们存在。”特奥朵拉图书馆馆长说，“早先，人们为事物命名还未采取特别规范的形式，颜色、外貌、声音、动作等与之相关的内容都可用来命名。可能‘蛊雕’的名字就来源于某个猎人在森林里听见一只鸟飞行时发出的‘咕咕嘀嘀’声；而‘穷奇’呢，听起来像不像一只野兽在用鼻腔使劲喷气？”

“你的解释真有趣。”我说。

“只是我的猜测而已，如果你想了解更多信息，这座图书馆肯定不会让你失望！”

忘了说明，特奥朵拉图书馆是当今世界第三大图书馆，至今仍在扩建中。同时，它也是世上 DS（即：与动物有关的著作）藏书最丰富的图书馆。不论是其他城市的珍本还是禁书，在特奥朵拉都能找到。

特奥朵拉如此重视 DS 系列的书籍，与它的一段历史有着千丝万缕的联系。《隐蔽的城市》中提到：“特奥朵拉在数百年的外来侵略中备受折磨……天上的秃鹰飞走了，他们还要对付地上的群蛇；蜘蛛消灭了，苍蝇又黑压压地繁殖起来……人类终于重新建立起被自己打乱的世界秩序……”

在另一本《城市药物史》中，作者明明·明·明明详细撰写了特奥朵拉的居民与动物长达数百年的战争历史：“武力对抗被认为是一种非人道的行为，所有人都在思考如何让动物们死得更有尊严，尽管它们是侵略者，人类是受害一方，可不到万不得已，特奥朵拉人绝不会拿起屠刀砍下它们的头。为此，动物学家捕捉了大量入侵物种，在保障它们健康存活的前提下，进行了人道主义式的实验……（此处省略一万字），一代代人苦心钻研，终于找到了动物们的弱点……（此处省略一万字），他们发明了‘永恒催眠香水’，这种香水对人体无害，其他动物一旦闻到气味，便会立刻倒地长眠，直至肉体腐烂。香水使动物们不必遭受暴力就能安然死去，缓解了它们肉身的痛苦。在‘永恒催眠香水’的作用下，无硝烟的战争结束了特奥朵拉被动物入侵的历史。”

《非动物的动物》中有另一种观点：“那些袭击特奥朵拉的动物只是以一种自认为理所当然的方式生存，它们无意侵略特奥朵拉，可在语言障碍的情况下，谁也猜不透对方的心思，特奥朵拉人认为自己的城市受到了侵犯，因此对它们进行了惨无人道的灭绝行动……”

孰是孰非，现已无法考证了。不过，这段历史给特奥朵拉留下了丰富的 DS 文学遗产，他们对动物的记载比任何城市都要多，有些动物我从来没有听说过。甚至一些动物的名字还进入了他们日常交流中，比如“雷傲雷熊”原本是一种凶猛的野熊，它们对自己的孩子却表现出非常温顺的态度。这个名词现用来形容某人对外脾气暴躁，对内却极尽温柔。主要修饰成年人，他们的孩子则被叫作“熊孩子”。还有很多与动物相关的词语，收录于《特奥朵拉俚语辞典》中……

我向馆长索要了一份特奥朵拉图书馆的平面图，告诉他我想独自参观，不必跟随。虽然有他陪伴会节省我大量时间，但独自在迷宫般的图书馆游览也不失为一项有趣的体验。

在图书馆 HMHHH（远古动物画集）区，我翻阅了绘有各种远古动物的书籍，《羊面黑犬》《棕色毛发的鲤鱼》《他们在唱歌——致鸟龟》《最后一只斑纹龙》《没有嘴巴的鸭嘴兽》

《七头蛇不必哭泣》……那些精致的画作简直令我浮想联翩，身体里沉睡的血液似乎在苏醒，我惊叹于它们的美丽，各种颜色的碎片落在它们身上，闪闪发光。“水晶般透明的羽毛”，“眼睛快要蓝成一片湖水”，“纯白的融化状冠毛”——这些奇形怪状又妖艳美丽的动物，它们真的在地球上存在过吗？又真的消失了吗？难以想象如今水泥铸造的大地上，曾经发生过多少奇异的故事。一切都不见了踪影，只剩下单调乏味的都市在大地上迅速繁殖。

“存在是个多么含蓄的词语——他们竟然存在——我们竟然存在。”我想，“只是各自生存的时间相隔那么遥远——可与无限的时间对比起来，我们的距离似乎也并非遥不可及。”

我逛到图书馆的 DIZ（禁书）区，看到一本黑色封面的书，《关于〈虚构动物〉的人类史》，书里写道：“特奥朵拉这座城市一直处于和平状态，根本没有遭受过敌人和动物的攻击——事实上，在特奥朵拉，除人以外，从来没有出现过任何动物，历史学家和文学家们联合起来虚构了一场‘动物的盛宴’：在一场猎捕中，特奥朵拉的动物都死去了，我们才看到特奥朵拉如今的模样！——他们通过文字创造了动物的存在，也创造了动物的死亡，因为他们相信，时间不仅不会揭示历史的真相，反而会在众说纷纭下变得模糊不清……

“……他们在无聊的生活里臆想出了城市的历史，以此来解释为何特奥朵拉从来没有动物的现实……‘一定存在过，只是已经消失了。没有看见不代表不存在……’诗人微微·微微曾说。她的语言简直幼稚可笑，纯粹是资产阶级的论调。为城市捏造历史的行为简直荒唐，特奥朵拉人急于证明自己的城市出现过动物，在全城人民共同的谎言下，这段历史精致而巧妙地产生并运作起来……

“……不要相信任何人说的话，但要相信我说的话，因为，我……（此处省略一万字）”

我怀着好奇心读完了这本书，它意在说明，特奥朵拉图书馆里 DS 系列的书籍都是虚构之作，这不得不使我感到怀疑。有什么是比“存在”更令人着迷的词语吗？存在的形式该如何证明呢？一系列问题都只能凭借想象回答吗？

无法被证明的灵魂与无法被看见的动物一样有趣。已存在之物的死亡与未存在之物的死亡是否具有同样的性质呢？至少，他们都有同样的结果：消失，不复存在。既然“消失”无法证明存在，那么该由什么来证明呢？

目前我不愿继续思考这些问题，“存在”与“消失”两方可能并不完全对立。只是，在选择相信布封、林内的动物史和这本《关于〈虚构动物〉的人类史》之间，我自然会站在前者一方，我宁愿祈祷这些动物们真实生活过，也不去接受世界从来都是如此单调贫瘠的事实——如果，从始至终，城市安静和平得像块腐烂的铁，它还有什么存在的必要？于是我悄悄将这本黑色封面的书带离了特奥朵拉图书馆，准备在 10 月一个有风的夜晚烧毁它。那时候风会把火焰吹得热烈高大，我和几只嗜血的动物围坐一圈，唱完歌后我会给他们讲讲特奥朵拉图书馆的故事。

破碎·之二

尊重死者是埃乌萨皮娅人特有的品格，他们对待古人的言论也一贯遵从。

大约九百年前，出现了一部记录埃乌萨皮娅先贤语录的书——《经典集》，这是埃乌萨皮娅现存最古老的典籍，也是该城唯一一部原创书籍。此后历时九百余年，一代代人为这本书撰写注解，现已发展成为该城特有的学术体系。其中《经典集注》《经典集注疏》《经典集解》《经典集考》被称为“经典四书”；《经典集作者考》《经典集索引》《说经典》《经典之经典》《非经典集》《经典集补遗》《集经典集》《经典集史》则合称为“经典八文”；《今经典讲》《经典集讲义》《讲经典》《经典讲》《讲经典集》《讲经讲典》《讲点经典》《讲讲经典》《经典讲解》《讲解经典》《讲经解典》《经典集讲史》《经典讲稿》并称为“经典十三讲”！除此之外，还有“经典四十八考”“经典九十九篇”“经典一百零八部”等研究书系。由于历代人不断为前人作注疏，研究《经典集》的作品几乎能够湮没这座城市。

在埃乌萨皮娅，除了《经典集》外，其他作品都是围绕在它周围的附庸。总之，你在书店里，不可能找到一本不含“经典内容”的书籍。我多次被当地人推荐一定要读一读《经典集》，按照他们的话说——“如果你来到埃乌萨皮娅却没有读《经典集》，那你没有真正抵达埃乌萨皮娅”。他们诚恳的语气让我对这本书充满期待。“我一定会去‘拜访’这本书的。”我恭敬地回答道。

在金平式的带领下，我来到了经典藏书室，找到了那本编号为 0.001 的《经典集》，它的第一页只有一个词：镜花水月；第二页写着：口占；第三页：掩宕……我快速地浏览这本书，发现每一页都是一个词语，完全没有逻辑。第一百九十九页：瓮城；第二百页：盐湖……这本书的内容与我想象的截然不同。在我看来，“经典”应当包容更深奥的内涵，引人哲思，而非仅仅将词语堆积成一本书（其实不是一本书，是一百本，编号从 0.001 到 0.100，这一百本书都是《经典集》，占据了藏书室一大面墙，由于我之前没有见过它们，误以为只是一本书）。这一套《经典集》全部由词汇构成，或许可以称它为《顺序错乱的词典》。

“《经典集》的伟大之处就在于，它收录了埃乌萨皮娅语言中所有的词汇，不管是过去的还是未来的词语，书中都能找到。这本伟大的著作在九百年前就完成了，你能想象在那个时代，先贤们的思想是多么具有超越性吗？”金平式说。

“我之前听人说过，《经典集》是一本记录先贤语录的书。可现在看上去，好像并不是。”我说。

“不，你没有认真研究过这本书。有一种说法是：当时各派老师集聚河畔，弟子们也围聚起来，由老师说出一个词，弟子便记录一个词，每个词不可重复，在百人积年累月的努力下，才完成了这本书。所以你现在看到的《经典集》是一种乱序结构。另一种说法是：当时正处于埃乌萨皮娅语言的萌芽阶段，人们还没有掌握长句的交流方式，说话内容十分简短，基本上以词语作为句子。比如，‘我想仰望天空’就只用‘天空’一词，‘去河里游泳’只用‘游泳’就行。因此我们现在看到《经典集》是词汇构成的书，可对于古代先民来说，这些词语却是日常交流的句子。”金平式说，“即使我们现在使用长句说话，也仅仅是将《经典集》中的词语进行组合搭配，埃乌萨皮娅的词语永远只有那么多，却可以通过与其他词语连接产生新的意义，现在你知道这本书的伟大之处了吧！”

“我觉得，它更像是一本词典，而非书籍。”我说。

“《经典集》是一本词典，一篇散文，一本小说，一首诗，一册历史文献，一道墓志铭——它可以变换成任何形式。只要你适当挑选其中的词语并将它们合理连接起来。《经典集》是一切文本的集合，它就像一块可以不断被雕刻的大理石，在这块石头里，藏着无数种形象。关键是，你以怎样的方式去阅读它、雕刻它！只有具有语言天赋的人，才能将词语雕刻成艺术品。”金平式说，“即使只读到一个词，也可以令你想象出一篇精妙的故事。你可以翻到 0.002 册第五页的‘碎片’，然后仔细冥想，是不是能够构建出一些特别的事物？”

玻璃的碎片，水晶，纸，撕碎的天空，云，星星掉落，河水，溅起的水花，小孩子，笑声，风，分裂的风，阴天，下雨了，雨水，瓦片落了下来，打碎的瓦片，泥土，叶子……我想：“的确如此，可是不同人看到同一个词——会想象不同的碎片。”

“就是这样，《经典集》提供的是线索，不是故事全貌。你只需按照自己的线索，去《经典集》里寻找其他词语，再一个一个连缀起来，就形成了自己的故事，每个人的线索都不一样，所以故事也不会一样。”金平式说，“所有故事，总是始于第一个词语。也许你会在埃乌萨皮娅读到成千上万种故事，但是，它们都是《经典集》的附属品，它们最终走向了同一本书。世界上不可能出现《经典集》以外的作品——任何城市，任何人都不可能写出脱离《经典集》又超越《经典集》的书。”

“你的意思是，任何文字都是词典的一部分。”我说，“除非人们自己编纂一本词典。但我听说，在河流的尽头有一座城市，那里的人们可以改变事物的逻辑，他们倒立着行走，并且产生了一种没有文字符号的文学形式。或许，他们可以脱离词汇，脱离《经典集》而存在。”

“我没有听说过这座城市，它叫什么名字？”金平式问。

“目前，我还不知道该用什么词汇称呼这座城市，因为，他们根本不知道词汇为何物，但城市无疑是有名字的，他们的文学也的确存在着，只是我必须先到访那里，才能清楚这一切。”我说，“等我了解了他们的秘密再写信告诉你吧。你会一直住在这里是吗？”

“当然。”金平式抚摸着《经典集》说，“这里是我的城市，我要用一生去解读《经典集》，目前我读了不及万分之一。这座城市的每一个人都在阅读《经典集》，研究《经典集》，但是这本书永远不可能被研究完。”

永远——我不知道该用什么词汇来形容现在的心情，“没有符号”是一种多么重要的符号，《经典集》的存在越发证明了我听到的传言是可信的，一定存在一座与“符号”相对的文学形式，它们存在于河流尽头。

“给我一点时间吧，金平式。多谢你为我讲述这本书的独特之处，现在我想安静地读一读《经典集》。”我对金平式说。从0.001到0.100，我想随意抽取一本，认真读一页。我翻到0.029册的第五十八页，上面写着：消失。

消失，停止，肉体，时间，腐烂的树叶，疾病，生长的细胞，坟墓，鬼，臭味，丑陋的面目，可怜，人们打着黑色的伞，有人走动，笑声，流动，看见，眼神，裸体，高潮，片刻欢愉，死亡，记忆，改变，构建，人来人往，高楼倒塌，回头，哭泣，爱，残忍，从一年前，书，散步，呼吸，亲吻，手，红色衣服，讲台，歌声，马基雅维利，水瓶，落在门口的烟头，跟踪，偷窥，血，再见，照片，蓝色格子衬衫，海边的风，法语，奇怪的词汇，语言，门，保持沉默，牛奶，睡眠，放弃，在阴雨天，远方，消失……

破碎·之三

关于劳多米亚，你需要了解以下知识：

城市：劳多米亚是一座封闭之城，在它的旁边，另有一座开放的劳多米亚，通常被称作劳多米亚村。想要进入劳多米亚，必须通过考核，答对关于劳多米亚政治、经济、历史、语言、地理、法律等专业知识。因此，劳多米亚村汇集了从世界各地前来备考的人。若想从劳多米亚城出来，也必须完成考题，所答内容则是关于劳多米亚外部整个世界的知识。要完成这两项测试，你必须背完两本书：两千多页的《劳多米亚百科全书》与每日自动增长页数的《世界百科全书》。一个绝望的现实是：从来没有外城人进入劳多米亚，也从来没有劳多米亚人走出城门。

历史：

LDMY 元年，劳多米亚建城，凯特隆国王在城门完成加冕仪式。

LDMY 四十年，第一只无尾猫在 L 河边出生。

LDMY 一三〇年，为纪念一百三十年的和平历史，修建一三〇广场。

LDMY 一四五年，凯尔公主炸毁宫殿，主要原因：凯尔公主不满国王为她联姻一事；次要原因：公爵长得太丑。

LDMY 二一一年，修缮城市花园，建造玻璃墙和五座玻璃塔楼，以便市民欣赏风景时能够看见塔楼后方飘浮的云朵。

LDMY 复元年，凯尔公主颁布《劳多米亚新法》。

LDMY 复九六年，召开第一届猫狗议会，成立猫狗众议院。

LDMY 复一五九年，生者的劳多米亚城、死者的劳多米亚城、未出生的劳多米亚城合并为一座城。

LDMY 复二三〇年，劳多米亚村建立。

……

地理：

劳多米亚占地一万平方千米，毫无意义。

东临繁华的佩林奇亚城，毫无意义。

西临隐蔽的欧林达城，毫无意义。

北接潘特希莱雅与马洛奇亚，毫无意义。

南部靠近大海，亚热带季风性气候，夏季降水充沛，毫无意义。

一年四季天空云朵变化奇特，适合遛狗时仰望、发呆。

语言：劳多米亚的生者与死者使用同一套互补的语言。对生者而言，词汇按照顺序书写，意义具有明确范围；死者的文字则倒着书写，其意义为“顺序意义”之外所有意义的集合。要想学习劳多米亚语，首先得了解他们对语言的认识。劳多米亚人的语言观念如下：一、自然存在本身所具有的语言：如风、泥土、天空、河流、人……一切存在之物都拥有一套独特的表达方式，但它们尚未形成具体的发音和文字符号，它们的存在本身就是一种语言。二、一切已知与未知的具体语言组成了语言圈。具体语言指的是至少拥有“语音”和“文字”中的一种，且能用来交流的语言。一些动物掌握了发音方式，因此它们的语言也被称为具体语言。三、在具体语言中，劳多米亚语既有语音系统也有文字系统。生者的文字按照顺序书写，有固定含义，比如 sasuiopolopqqy 拥有两种含义：1. 躲猫猫 2. 躲狗狗。具体意思要在不同语境中加以区分。四、劳多米亚死者的语言为生者语言的补集。在死者的词汇里，没有 sasuiopolopqqy，只有它的倒写形式——yqqpolopoiusas，其意思为：除了躲猫猫与躲狗狗以外的所有含义。它无法单独用来表示某个意义，比如，不能说 yqqpolopoiusas 是隐藏、磨合、沙土的意思，尽管它们都包含于 yqqpolopoiusas 中，它必须用作互补的整体意义（意义群）。劳多米亚死者的所有词汇都在按照这种方式产生、运作着。

经济：劳多米亚形成了一种自给自足的特殊经济发展模式，即：男耕男织、女耕女织、猫耕猫织、狗耕狗织的个体经济。劳多米亚的猫猫狗狗享有与人类同等的权利和地位，这种经济模式又叫作：独立个体支柱经济！

节日：三分之二月三分之二日：躲猫猫节，每个人必须与猫玩三次躲猫猫游戏，狗不可参加这项游戏；四月最后一日：沉默节，在鱼市买一条墨墨鱼（一种长有耳朵的淡水鱼），将它放生L河里。沉默节原名“沉墨节”，由于墨墨鱼不会说劳多米亚语，无法感谢劳多米亚人，它们沉入水底发出的水声也很小，“沉墨节”便改名“沉默节”；七点五月三的循环日：吃两条鱼节，需要吃两条鲤鱼；九月零日：故事节，每十个劳多米亚市民围坐一圈，完成一个有始有终的故事接龙，故事最出众的小组成员会得到“故事之王”的荣誉称号；零月零时：时间节，将冷冻在劳多米亚博物馆里的古老时间放置在河流中，为时间清洗一天，所有市民都应在河边为时间祈祷。以上五个节日为法定节日，需认真过节，剩下的每一天都是非法定节日，可随意过节。

墨墨鱼侧视图，出自《劳多米亚百科全书》，绘者伊达达。

法律：

1. 一个劳多米亚人可以对他人宣称自己不会死去，但他的身体无法逃避腐烂之日的到来。

2. 时间改变猫的外貌，也改变人的外貌。一只劳多米亚猫可以称自己为劳多米亚人，一个劳多米亚人可以称自己为一只劳多米亚猫。

3. 每只猫都必须经凯尔公主抚摸才能成为真正的猫；但凯尔公主有权不抚摸猫。（对狗而言，狗始终是狗，公主摸不摸都是狗。）

4. 不能说劳多米亚语以外的语言，因为劳多米亚人听不懂。

5. 凯尔公主是劳多米亚最美的女人，从出生以前到死亡之后都是如此。劳多米亚的所有男人都是最丑陋的。

6. 如果一只猫在劳多米亚死去，所有人都应当为它默哀三天；如果一只狗在劳多米亚死去，所有人应当为它默哀三天；如果一个人在劳多米亚死去，所有人都应当为他默哀三天。

7. 一个合格的劳多米亚人要学会用五笔画一个正方形。

8. 不可频繁与死者见面，不可频繁与未出生者见面，不可频繁与生者见面。禁止与死去的自己和未出生的自己见面。

9. 超过一千万的借款不必自己还清，而应由死去的自己去偿还这笔债务。

10. 一切未曾言说的，都隐藏在词语的空白处。一切已说出口的，都是现实编织的假象。

以上所有内容根据《城市与死者》《劳多米亚百科全书》和《孤独的劳多米亚城与孤独的劳多米亚人》整理而成。感觉很乱是吧！如果想要了解劳多米亚更多的风俗民情，你得背诵完《劳多米亚百科全书》，答对所有问题方能入城。亲自去体验一座城市的生活才是了解它的最好方法。不过，我已经说过，从没有人背完这本书，也没有人进入过劳多米亚。——在劳多米亚村，老学者对我说道。

“如果没有人进入这座城市，也没有劳多米亚人从城里出来。那么这本《劳多米亚百科全书》是由谁书写的呢？”我问。

破碎·之四

从“我”这个字开始，语言成了无法逾越的禁狱。塔马拉是一座沉默之城，朝着时间的反方向运行。

数百年前，塔马拉的一位语言学家在某次会议上提出：语言是万恶之源。人类的分裂、矛盾的产生，皆来自语言。而“我”的发明，更加强调了人与人之间的差异，毫无疑问，这对于未来人类社会的发展极其不利。因此，他提到，必须消除“我”在日常交流中的主体意识，这项提议得到了许多人的支持。

最初，一位青年诗人激烈反抗，跑到塔马拉公园里高声朗读塞尔努达的爱情诗——《如果人能说出》：“你证明我的存在：如果我不认识你，我没有活过；如果至死不认识你，我没死，因为我没活过。”他因一连说出五个“我”字而遭到了许多人的声讨。第二天，人们路过公园，发现他的尸体被切成许多肉块高高挂在玉兰树上，即使 3 月树上开满了鲜花也难以掩盖腐肉的臭味。于是，有人心想，这是上帝在惩罚他，就像上帝惩罚了偷吃禁果的亚当和夏娃一样。

从“我”开始，再到“你”，到“他们”……语言制造出了一大堆无用的符号，占据着人们日常生活的方方面面、消磨世人的时间。因此，越来越多的词语被封存，无法再被言说。渐渐地，塔马拉城的人民越发觉得交流索然无趣，以前一句简短的话现在通常需要十句甚至二十句话来表达。“在《××之书》中，玫瑰与×××就是××，×的声音可以××，×是×，是的，是×，那时×的××有×……”“×知道×能够看见×××××才开玩笑×，×当然，×爱×××，会离开××，但是××××！”……有时候，人们会觉得，交流其实是一种障碍。尽管塔马拉政府还未完全出台所有词语的禁用条例，但这座城市已经很少有人开口说话了。甚至在街上听见陌生人打哈欠的声音，都会觉得那是一个累赘的词语。不是塔马拉人有意忘记语言，而是语言在放弃他们。他们抬头，听鸟叫，看见狗追逐，风呼呼吹着，世界如此喧闹，而人却是安静的。

塔马拉就这样沉默地延续了几百年，语言对市民来说已经是最无用的部分。直到某一天，一位长毛市民打破了这种分裂现状。当时，著名的语言考察官正在街上游荡，由于他生来肥硕，膀大腰圆，很难不被误认为一头闯入城市的野猪。正在切肉的市民，拿出一把锋利的刀子，刺穿了这位官员的胸膛，将他的心脏挖出来吃进肚里，另一位市民也照做了，切掉了官员的脑袋。此次事件被称为塔马拉五月三日大屠杀。从那一天起，屠杀事件源源不断地发生了，为此，塔马拉政府又开始颁布新的禁止条例，但是除了他们自己，谁也无法读懂文字、听懂他们所说的语言了。“你们不能这样做。”一个男人声嘶力竭地喊道，“这是违法的！”他被关在笼子里，疯狂地吼叫。可是，谁又懂得他在说什么呢？市民们沉浸于原始社会的癫狂状态，远处生起了篝火，他们期待着夜晚那顿丰盛的宴席，在他们眼里，笼里这位西装革履的官员像一只滑稽的肥猪，充满活力、嗷嗷叫唤，他是一道新鲜的菜品，肉质肯定无比肥美。上面这个简短的故事，还有另一个复制的名字，叫作《谁满意》。

破碎·之五

德斯皮纳语的所有词汇都由一个专门的企业掌管——德纳语业，若想学习词语、阅读小说，需要购买，一个词汇五块德斯皮纳铜币。许多贫困的德斯皮纳水手无法支付巨额的学习费用，只能掌握少数几个词语，他们能够懂得“鱼”“海水”“天空”的意思，却对“宫殿”“斑马”“胭脂”一无所知；庄园主的孩子能学到大量词语，了解更多知识，水上的孩子们却只能辨识世界的局部，贫穷和虚无都有世袭的特质。

有些富裕的庄园主开始偷偷贩卖词语，与德纳语业的定价不一样，为了减少成本，他们通常制造“假词汇”，低价出售给穷人，“栏杆”变成“风景之前”，“橘子”变成“坠落”，“烟花”变成“黑暗火焰”……一块德斯皮纳铜币能够收获一小袋词汇，谁还会花五块铜币买一个真词语呢？就这样，庄园主们在他们认识的词汇中看到了世界的一面，水手们则在这些廉价的假词汇中看到了世界的另一面。然而，这些假词汇并不具有统一的标准，也没有统一的生产机构，在一些庄园主那里，“苹果”的假词汇是“红色太阳”，而在近山的一些农场主口中，“苹果”的假词汇是“陆地球”，还有更多其他的假词汇也进入了市场，因此，大量人群开始用一个又一个假词进行沟通，这往往需要不断转换。

“一个北半球月亮和三颗牛头。”买菜的妇人会这样说。

老板拿出一根香蕉和三颗花生。

“不是的。”妇人摇了摇头，“北半球月亮。”她指了指挂在杆上的丝瓜。当然她并不知道这是丝瓜，“北半球月亮。”她再次肯定地说道。

“好吧。两个铜币。”老板说。

市面上，除了少数掌握真词的人会说“丝瓜”“苹果”“围巾”这些正确的词汇，其他人都在虚假的词汇中，认识世界。那些富有的庄园主引以为豪，他们虚荣地以为自己“知晓词语的真相”。而在其他人的眼中，庄园主就像一个没有意识的傻子。也许有一天，德斯皮纳人会想起曾经庄园主口中的那个世界，可是，这对于一代又一代未来的人而言，又有什么影响呢？

收集者

·

三

拉班 · 扫马在花园里遇见了一位收集者——格雷诺耶[1]。

“你是说你正在收集全世界的气味？”拉班·扫马问。

“不全对，我只对香气感兴趣。我要制作一种独一无二的香水，在不同的人面前，它能够制造出不同的梦境。”格雷诺耶说。

“创造一种不属于这个世界的气味吗？”

“没有什么是不属于这个世界的，我的任务只是加工现有材料，使它们按照合理的比例融合在一起，而一旦拥有它，我就可以成为神。”格雷诺耶说。

1　德国作家帕 · 聚斯金德的小说《香水——一个谋杀犯的故事》中的主人公。有同名电影。

"成为神有什么意义？"

"对于还未曾经历的事，我说不出具体意义，也许没有意义。"格雷诺耶说，"就连已经体验过的生活，我都不知道它的意义。"

拉班·扫马坐下来，品尝格雷诺耶递给他的青草，紫羊茅、冰草、狗牙根、金锁匙……

"每一种植物的味道都不一样。"格雷诺耶说，"同一种植物生长在不同环境里，味道也会发生改变。"

拉班·扫马细细品尝鱼腥草的味道。"很不错。"他从身前一堆植物中拈起一根银色的五叶草说道，"我知道这种植物，它叫园玲子，通常跟乌鸦联系起来——在文学的世界里，园玲子可以用来治愈乌鸦的外伤，但对其他鸟来说，这种草是有毒的。"

"我不知道这些虚构的知识。"格雷诺耶说，"我没听过这个名字，也不知道它有毒。至少我吃过很多次，身体完好，不然我早就死了。"

"它对人体无害。"拉班·扫马说，"苦涩的味道。格雷诺耶，目前你已收集了多少种气味呢？"

"只要是我闻过的物体，我都能记住它们的味道。"格雷诺耶说，"比如你，拉班先生，你身上携带着新鲜的酸臭味，就像春天的一场雨融进泥土中植物腐烂的根系，一边分解出多年郁积的养分，一边催生出躯壳里的种子，除去自然的苦涩，你还带着蚯蚓般的腥味，你是一团被包裹起来的血浆，正在缓慢地释放身体的味道。即使一刀砍掉你的脑袋，你的气味也不会瞬间爆发出来，你好像被什么东西囚禁着。拉班·扫马，你的身体简直不适合用来调制香水。”

“听起来，像诡异的咒语。”拉班·扫马说。

“收集香水是一项艰难的任务，没有敏锐的嗅觉将无法完成。”格雷诺耶说，“你的小说收集会简单得多吧，不需要嗅觉，也不需要听觉……好像，只要一双脚就可以了。”

“那可不一定。世界上每年都有成千上万本小说被生产出来，有些只是用大量符号排列出来的文本，还达不到‘故事’的标准，按照我的理解，符号—文本—故事—小说是一个由粗糙到细致、由繁杂到精密，不断上升变得轻盈的过程，我们接触到最多的是符号，然后是文本，偶尔会读到故事，但是要成为一本小说，则不是那么容易的事。判断一本书是否为小说的标准就是：当它消失时，世界的重量是否会因此减少。也就是说，它必须是世界的一部分，独一无二的一部分，而非重复的那些内容。但是，我们不可能等到它真正消失的那天，才去评判它是否有成为小说的资格，所以，这就需要收集者们对其进行预估，把它们归置于不同时代，看它们能否跨越时间。有些故事，一旦将它带到一百年后，它就会变成一团黑色的纸，完全看不清上面的字迹，因此它无法成为小说。简而言之，时间是收集者用来衡量小说的初选方法。其次，还有其他方式可以筛选文本，‘互文法’就是一例，主要用来对比重复的故事内容，不得不承认，现代的故事不断在重复前人说的话、做的事，也在重复着未来人类的言语行为，很少有新内容产生。代际间的重复、同辈间的重复，让我感到人类经验的匮乏。包括我自己——我们看似生活在无限的小说清单里，却只是拥挤在故事的假象中，抛弃故事，一些‘小说’将所剩无几，这都不是真正的小说。我作为一个小说收集者，时常感到自己无能为力，我很想找到那些混杂在泥沙间的珍珠，请原谅我这个滥俗的比喻，你知道，有时候珍珠不会发出光彩，它们会被各种事物掩盖。而一个合格的小说收集者，就是要面对各种诱人的幻象，淘汰一个个时代中粗制滥造的故事产品，如同海水一样冲洗掉包裹珍珠的外壳和淤泥，然后将它们汇集起来，等到月亮靠近大海，月亮的引力将它们吸引到天上，成为星辰的一部分。如果有人在寂寞地仰望夜空，他可以凝视一颗星球，用一整夜的时间阅读它，那些文字会像光芒一样抵达他的眼睛，于是，他读懂了那颗星球的生命——这就是小说存在的意义，也是一个小说收集者需要完成的使命。”拉班·扫马说，“收集是一个寻求真理的过程。”

“那么，目前你收集了多少呢？”格雷诺耶问。

"这是一个无法用数量回答的问题。"拉班·扫马说，"从很久以前，到很久以后，我都生活在寻找星辰的路上……"

他们交流完各自的故事，格雷诺耶送给拉班·扫马一瓶名为"蓝色秘密"的香水。"上流阶层最喜爱的味道，孤独而腐朽的香味。"格雷诺耶说，"在法国，人人都想拥有它。"

"那我就等到死后再打开吧。目前我对腐朽还不太感兴趣。"拉班·扫马说，"相反，与腐朽做斗争，才是小说收集者的使命。"

他们品尝完鲜草，躺在地上望着天空，沉默着不知在等待什么，几个孩子从他们身边经过，一只蚱蜢跳到拉班·扫马的额头上。

"我想我得回去了。"格雷诺耶说，"我需要蒸馏出猫的气味。"他走到花园的门口。

"请等一下——"拉班·扫马呼喊道，"亲爱的格雷诺耶，我想问问，你是否可以告诉我，书的气味是怎样的？"

"当然，你指的是哪一本书呢？"格雷诺耶问，"不同的木材做出不同的纸张、不同的书写者使用不同的油墨，每一本书的气味都不一样，你想知道哪一本书呢？"

"我是说，关于书的理念，不具体指某本书，而是无穷的书本形成的集合体，但又并非具体的集合，仅仅是理式上的称呼。如同云的气味、玻璃的气味、水的气味……”

“那正是我想寻找的东西。”格雷诺耶说，“概念的气味，所有理式汇集成神的气味——我想我总会找到！”

镜面·之一

谁能想到珍诺比亚的市民正按照小说的内容生活着呢？有句粗鄙的老话——“小说来源于生活并高于生活”，在珍诺比亚可讲不通，这里的生活完全来源于小说。

每月第一天，是珍诺比亚的阅读日，珍诺比亚人会围聚在圣坛旁，阅读市政府发布的小说文件《一月计划》《二月计划》《三月计划》……直到《十二月计划》，如果时间充裕，人们也可以申请提前阅读一年、两年、五年乃至一生的计划。这些文件为每一位市民详细规划了未来会发生的所有事件，他们的行动指南、具体的言语表达、生活作息、生老病死……时间精确到秒，市民们必须按照其中的内容准确地进行。

他们永远在复制小说文件规定的生活，因此，人们会提前阅读到自己于何时何地因何种原因死亡，被谁欺骗被谁谋杀，对于这些内容他们不能做出任何反抗，只能与小说情节一致发展——遇见喜欢的人，然后爱上对方，用什么姿势做爱，去哪里游荡，与朋友分离，辍学，袭击公交车，吃西红柿炒鸡蛋，被领导批评，在路边唱歌，从桥上跳下去，等待警察打捞他们的尸体……他们做出早已被书写了的惊恐面容，在该笑的时候发笑，在该哭泣的时候必定哭泣。珍诺比亚使小说成为了现实。计划小说是每个人的生活核心，在这条固定的人生道路上，他们走得无比顺畅。

我正在翻阅这些市民的每月计划。

其中一位代号 RUBSI 的市民的 1 月 15 日计划这样写道：

1 月 15 日，0:00 ~ 0:30，做梦：梦到一团黄色星云，梦到一团蓝色星云，梦到一团红色星云，梦到一团绿色星云。黄色星云撞击蓝色星云。

0:30 ~ 1:00 做梦：梦到监狱生活，因为偷窃了一百元，被逮捕进监狱。在监狱捡到一百元，交给看门人，买走钥匙，逃离监狱，在路上看见一个黑洞，躲了进去，掉进黑洞里。做梦：梦到一百元被撕成两半。

1:00 ~ 2:00 做梦：梦到一只狗，狗变成了气体，狗变成了两只狗，三只狗，四只狗，五只狗，一堆狗。狗消失了。

2:00 ~ 4:00 无梦。

4:00 ~ 4:10 被吵醒。

4:10 ~ 4:20 继续睡觉，想起窗户没有关。

4：20 ~ 4:25 起床，关上窗户，去上洗手间。

4:25 ~ 5:00 做梦，梦到一团漆黑的云，打雷。

5:00 ～ 5:30 无梦。

5:30 ～ 6:00 起床，揉揉眼睛，伸懒腰，打哈欠，从床的左边下来，先穿左脚拖鞋，再穿右脚拖鞋，走向卫生间洗漱，照镜子，上厕所，打开抽水马桶，盖上盖子，关闭卫生间的灯，回到卧室换衣服，穿上蓝色衬衫、一件黑色夹克外套、一条黑色长裤、白色袜子、灰色板鞋，揉揉眼睛，照镜子，梳头发，打开窗户透气。

6:00 ～ 6:30 享用热牛奶和早餐，坐在窗边欣赏风景，并发出一声感叹："今天醒得真早，天还没有完全亮呀。"

6:31 远处传来枪响，一颗子弹正中眉心，倒下去。

"这个人已经死了吗？"我向计划员问道。

"还没有，今天才 14 号呢，他会在明天凌晨 6 点被左轮手枪击中，然后死去。"计划员冷冷地说。

"那他知道了不会逃跑吗？"我表示不解。

"当然不会，朋友你到底在想什么呀。这可是他一生中最光荣的时刻，可不是所有人都有这样的好运气。明天，他就会从一个默默无闻的人，变成所有人关注的焦点——所有人，他的名字会成为新闻头条，被所有人记住。不管是在茶余饭后，还是睡觉前，大家都会提到他，一个在窗边欣赏风景且意外被子弹击中丧生的人。想想吧，多么富有诗意的结局。在大家都不知道生活的意义的时候，他的死亡无疑让人感受到生命的价值。美好的事物就在眼前他却再也看不见了，这多么悲壮，多么令人感慨。他会成为英雄的，为什么会选择逃跑呢？”

我说：“如果是我的话，会选择逃跑呢。”

计划员立刻义正词严地说道：“在这座城市，每个人都有自己的生活计划，你生活在别人的生活里。只要你走错了任何一步，就会对整座城市产生连锁反应，你将会成为所有人的敌人。在成为‘英雄’和‘敌人’面前，你会选择哪一条路呢？”

“你们都渴望这样的生活吗？”

他想了想，点点头，说道：“当然，这是我们的使命。要知道，世界上不会再有比珍诺比亚更和谐幸福的城市了，因为在这里，人人都能看见未来。”

镜面·之二

内容暂缺。

镜面·之三

摩利亚那的每一本小说，都存在一本与它相反的小说。相反不仅仅代表结局相反，它包含一个更大层面的内容：情感、时间、地点、行动、事件、逻辑、观念，等等。人们将它们分别归为正集与负集，当读者选择阅读一本正集中的书，他就无权再去阅读它的负集故事了。摩利亚那有一句至理名言：“人不能阅读两本相反的书。”因此，每一次阅读之前，人们都必须做好准备，选择阅读其中一本，同时意味着放弃另一本，而他们的观念就在自我的选择中被塑造了。

每一本书都会引导着读者阅读下一本书，同时放弃那些与之相反的书籍，如同一座无限延展的迷宫，每一条小径都会分化出两条路，不断分割，疏离，每一步都决定了未来的走向。在摩利亚那，没有谁是谁的导师，没有谁有能力教会其他人做出何种选择，走向怎样的未来，没有两个人在一生中会选择阅读完全同样的书籍。每个摩利亚那人都是孤独的个体，从选择第一本书开始，他们就注定了无法与他人产生共同的情感、了解同一个故事、知晓同一种历史。

他们一本接一本书地读着，然而，他们读得越多，所放弃的也就越多，与别人的观念差异就更大。因此，他们注定了无法被别人理解，即使是最亲的人，彼此也是孤独的个体。然而有趣的事实是，尽管分歧如此巨大，他们却没有与别人争论的欲望，也不会将其他人笼络到自己的世界观里面，相反，他们极其喜爱不被理解的快乐，在自我的世界中创造一个孤独的宇宙。

镜面·之四

我已经向他们重复了几百遍，我在收集一种叫作“小说”的东西，而瓦尔德拉达的人民一再要求我解释到底什么是小说。

我说好吧，请把我带到最近的图书馆。

然而这里根本就不存在图书馆，也没有书店，自然，连作家这种职业也不存在。

我将背包中的《一月计划》拿出来，随便翻了一页在他们眼前展示。“你们看吧，这就是小说。”随后，我又拿出了《沙漠与海洋》，“这也是小说。”

“我们什么都没有看见。”一个小男孩说道。人群立刻涌起一片笑声，似乎我正扮演穿新衣的皇帝，于是我问道：“安徒生，你们听过吗？卡夫卡，巴尔扎克，还有契诃夫呢？”我甚至有点语无伦次，随便说了几个想到的名字。

他们摇摇头，对我这个异乡人感到好奇，甚至带着戏谑的嘲讽：“你说的小说，就是这些奇怪的符号吗？难道指的是空气？还是你弯曲的手指呢？”

“小说可能是一种透明的食物吧？”

“是用来烧火的木柴吗？”

“有点像巫师的咒语。”

“可以装在马蹄上吗？”

我再次强调，小说是一种讲述故事的文本，由不同的文字书写，呈现出形态各异的故事。为了使他们明白，我搬出21世纪某本文学教材中的内容向他们解释：“小说，是以刻画人物形象为中心，通过完整的故事情节和环境描写来反映社会生活的文学体裁。就比如，将今天所发生的故事记录下来，其实也可以写成小说。”

“我们这里没那破玩意儿。”一个老人说，“从来没有人想要去写故事。写出来干什么呢？”

“小说有着丰富的内涵，也不一定只是单纯讲述故事，还可以用来记录生活。比如你遇见了谁，有喜欢的人吗？你看见一棵结满果实的树，在雪山看见日出等，都可以写进小说里，它甚至是无所不能的，用于记录，用于批评，用来抒发感情……”我再次变得语无伦次起来，因为，我从来没有思考过小说究竟是什么，也没有想过要如何向不知道它的人解释小说的定义。就像给原始人解释什么是汽车什么是法律，这太困难了。

“很遗憾，年轻人。我不知道你说的小说是什么，但是我们这里刚好有一种与你所说的内容相反的东西。”瓦尔德拉达的老人说道，“我们将它称为无明。它用来回避感情，遗忘生活，截断历史，也避免我们走向未来，它无法用于批评，也不会消耗人们的时间去阅读或者倾听，它的唯一目的只是让人意识到自己正活在世间。”说着，他将双手摊开，周围的人群也纷纷摊开双手，“这就是无明，每个人都拥有的无明。”

而我，只看到了虚无的空气和他们纯白的双手。

镜面·之五

我记得，大约一百年前，潘特熙莱雅一直被誉为世界上最具智慧的城市。这座城市以盛产哲学家和诗人闻名，许多思想者的镜面都曾在这里生活，梭卢、泰尔伏、鸠斯德孟、那奎阿、鲁鸠壁伊……如同这座连绵不绝的城市一样，镜面思想者们打乱了时间和空间的组合方式，在整座城市中既远又近、既正又反地连接彼此的阵地。

当你穿过几爿破旧的咖啡馆，路过水稻正绿的农田，也许就会看见两三只鸭子蹲在泰尔伏的雕像前，天气晴朗，青苔爬满石阶，你询问当地的居民："这里是泰尔伏的故居吗？"

得到的答案却是："不一定，有时候是泰尔伏，有时候是克洛。现在屋里住的是子非韩，可能过一会儿，子非韩也消失了。"不过也有另一种可能，"现在是五岁的泰尔伏，之后说不定是二十岁的泰尔伏居住在这里，你要找的泰尔伏是哪一个呢？"

“哪一个都可以，那么泰尔伏在哪里呢？”

“也许在前面，也许在后面。也许他刚刚死去，也许他又复活了。”一个人说，“不要去寻找一个行踪不定的人，与其接近他们易逝的肉体，不如去书店阅读他们的思想。”

“谢谢你啊，先生。”你说道，“这座城市真是与众不同。”

“是啊，丰富得像座坟墓。”他说。

你们告别。不必四处周转就能找到一家镜面书店，在泰尔伏的专柜前，你抽出一本《论俗风》，看见扉页上有张泰尔伏年轻时的照片，竟与刚才那位跟你交谈的陌生人长得一模一样。你恍然大悟，原来他就是泰尔伏！

这种偶遇在一百年前不足为奇，与你擦肩而过的任何人都有可能是一个隐蔽的镜面思想者，他们或年轻，或衰老，一座城市里有他们无数的分身，就连他们自己也分不清自己到底在哪里。那时候，他们坐在枯黄的草地上讨论秋天的雨，谈论潘特熙莱雅脆弱的建筑和繁星般绵密的城市制度；他们书写城市治理官的艳情史，为奴隶和妓女争取公民权利；一顿味道糟糕的早餐可能引发一场关于食品法案的论争，一只蚂蚁意外死亡会促使他们修改动物律法……现如今，这种情况已难以见到。一百年可以使一座城市的模样完全改变，也有可能一成不变。潘特熙莱雅就处于镜面的流动中，它已从一座完整的城市，分裂成无数纯净的碎片，遍布空虚的白色建筑反射阳光，一切已不能回到从前。

我曾游历过许多如潘特熙莱雅一样纯洁的城市，它们一次次被非镜面者书写，有些书籍已经成为文学经典。我知道，无论我做多么细致入微的描写，都无法刻画出潘特熙莱雅一丝一毫的美，而只能直白而简陋地复述出潘特熙莱雅美的事实。这座安静的城市，美到不真实，甚至让我觉得它是由无数虚幻的部件组成的。一百年前，它还是平原上连绵生长无序变动的城市，现在它像一朵被切割成正方形的云，浮在平原上空。女人们全身包裹着圣洁的衣服，男人们装在款式整洁的大衣里——像与外界绝缘的套子。而我的出现，无疑是个异类。

“你为什么要露出你的眼睛？”一个男人带着头罩，从白色纱布后方透过缝隙看着我，善意地提醒道，“在潘特熙莱雅，露出眼睛是危险的，因为眼睛可以看见世界，但是，在镜面之城，你所看见的世界是虚假的，会让你产生幻觉。”

“不是的。”我说，“幻觉不是来自于世界，而是内心。”

他摇摇头，隐入街角。

这里已不是我熟悉的潘特熙莱雅。那些色泽暗淡的城墙早已消失，书店、咖啡馆、商场、医院、杂货铺都统一刷成了白色，一尘不染的白，令人感到眩晕的白！水田里长出洁白的稻子，若不了解潘特熙莱雅的植物特性，会误以为它们是毒草！我走到一百年前到访的那家书店门前，里面的书籍已非当初模样。每一本书只有书名却没有内容。“这里拥有世界上最丰富的书，虽然每一页都是空白的，但是通过书名，你可以想象任何故事。”管理员说，“在潘特熙莱雅，重要的不是讲述了一个什么故事，而是你想要让读者想象一个怎样的故事。”说着，他带我来到了书店的正中心，地面出现了一个环形的黑色镜面，许多人正伏在围栏边缘，观看镜中景象。“那是镜中镜。”书店管理员说，“如果你并不想阅读一本空白的书，以免消耗自己的想象力，也可以在这里观看来自真实世界的图景，它们更清晰具体。你知道，我们镜中一切都是虚幻的，只有通过镜中镜，才能看到外部的真实世界。”

于是我在围栏边缘坐着，身边的人匆匆走过，每一个人都像同一个人，我的视线穿过了镜中镜，在那些真实的景象中，我不知道，它们究竟存在于何处。有一瞬间，我突然觉得，所谓镜中镜，也是虚幻的。一个人究竟需要多少勇气，才能相信故事仍然存在呢？他们用了一百年的时间，将故事变为了空白，此后，他们将用数百年的时间，将空白写满故事，但这并不是故事的开始。

收集者·四

拉班·扫马与一位女子共度了一夜，他爱上了她，第二日清晨，拉班·扫马请求女子跟随他一同踏上收集的旅途。女子拒绝了他的邀请。

拉班·扫马说，我没有感受到你对我的爱，好像是我自作多情了。

不是你所想的那样，女子说，你只是我收集的一种爱，目前，我还不能做到为你抛弃我所拥有的一切。我爱你，我会在这里等待你。但是，拉班·扫马，你知道时间的力量能够改变所有人，我不敢保证以后我不会爱上其他人。在等待你的期间，我会时常想起你，我们共度过一个美好的夜晚，这足以使我想起你时面露微笑。可是，如果在这期间我遇见了另一位令我着迷的人，我会放下对你的想念，去爱他，与他相伴。拉班·扫马，请你原谅我，爱的形式不是一种永恒状态，但爱的内容是永恒的。不管我会遇见多少个令我迷恋的人，我对你们之中的每一个人的爱都足够真诚，没有任何可被怀疑的成分。

我不明白，拉班·扫马说。

但你总会明白。女子说，你是一个四处游荡的小说收集者，而我是一个驻足原地的爱情收集者。我相信世间存在一种片刻的永恒，也许我们不会再见了，拉班·扫马，但请你相信我对你的爱忠诚不渝，尽管我会爱上其他任何一个人。

欲望 · 之一

佐贝伊德的咖啡店里，一个女人向她面前的男人讲述一本书有多美："烫金的花边在月色下反光，书脊上绘着《清明上河图》，封面由龙骨作成，上面镶嵌有钻石，书页中添加了珍珠磨成的粉末，每一个字都由金丝织成，书页里有特调香水……"她不厌其烦地称赞那本名叫《美丽》的书，"每一个美丽的女人，都应该拥有一本《美丽》。"

"对了，还有一本叫作《奇迹》的书，它的封面内页是一块银镜，里面的纸张由月球土壤混合抹香鲸的骨头制成，既带有天体的引力也保留着深海的压力。"她说道，"那本《水银》也特别好看，佐贝伊德女王的卧室里就有一本，书里的水银像繁星一样沿着固定的轨道运行，永不交汇……

"你知道有本书叫作《红色黄金》吗？其实书里面根本就没有黄金，它的书页由八十多种金属元素共同炼制而成——除了庸俗的黄金。书里有铜、铬、钴、铝、钨、镁、镍、钙……

简直太丰富了……

“似乎很多人都喜欢《光》这本小说——因为它会发光。而且，这本书能改变光速，它以每秒一厘米的速度传播光源，翻开这本书，你得等上十几秒才能看见它的光。不过，我没有那么俗气，这本书只是在玩弄技巧，它实在不能吸引我……

“我特别喜欢《空气》，听说只要一打开这本书，里面就会散播不同时代的空气，好想闻一闻十九世纪佐贝伊德城的上流气息……”

“我是一个喜欢读书的人。”她认真地说，“如果我们交往的话——我不知道你是否也和我一样喜欢书籍，你能否承担得起买书的责任呢？要知道，这是我们建立共同语言的基础。”

“我不知道。”男人终于开口说话了。

“我和其他女人不一样，我不爱金钱，对你的车子房子也不感兴趣。我唯一的爱好就是读书，我是个注重内涵的人。”女人说，“你明白吗？”

“嗯。”

“我觉得我们不适合。跟你聊了这么多，可你什么都不懂。”女人说，“不要以为一串项链就可以收买我，拿回去吧。我只爱书，而你，是个什么都不懂的白痴……”

欲望·之二

“莫利里亚，如果阅读你使我遗忘，那么我该用什么方式将你回忆？”

沿着城市地图走出羊角森林，熔岩将莫利里亚包围，水晶化成柔软的云朵。下雨时，莫利里亚变成了一片湖泊，在湖水的倒影中，莫利里亚正注视着自己。可我无法进入这座城市，触摸它的大理石，在金鱼游荡的水池旁休憩。莫利里亚，一座只存在于神话书纸上的虚幻之城。

从人类产生记忆的那一刻起，莫利里亚就开始不断被人类书写。第一部明确记载它的名字的神话是《上帝的眼泪》：上帝花了六天时间创造万物，到了第七天，工作已经完毕，因此命名为安息日。第七天夜里，上帝发现时间被未知的力量篡改了，他必须回到第一天重复做工，从此一周七日无限循环下去。陷入时间圈套中的上帝流下了“痛苦”（原文本中的词语在汉语里找不到准确译词，eppppppppoo，既有痛苦的意思，也有绝望、劳累、疲倦、恐惧的意思）的眼泪，落到地面铸成了莫利里亚。

后来，关于莫利里亚的神话传说越来越多，人们总想详尽描绘莫利里亚的所有故事。可是，人们越是努力记载它的一切，就越容易被它迷惑、更改记忆，甚至遗忘过去。有人写道：它是一座石头城，因为上帝的眼泪是坚硬的水石。另一些书写着：莫利里亚是一座由树枝缠绕起来的城市，长着翅膀的鳄鱼在天空歌唱。还有些书写道：莫利里亚是一座五边形城市，每一道边界分别由金木水火土五种元素垒成……人们写得越多就越会怀疑它的存在。一位巫师说，莫利里亚是两座以上的城市，一个未知数城市，上帝的眼泪在坠落时分化成了无数小水珠，我们永远不能确知到底存在多少座莫利里亚。对它的未知是人们唯一的已知。

“我们无法了解它，不是因为关于它的记载太少了，而是，太多了。”少女叶羡说。

但是，总有人会穷极一生去揭示莫利里亚的真面目。有人用五十四颗老鹰的眼珠熔炼成一面镜子，用它将阳光反射到云朵底部，以为会在天空显现莫利里亚教堂的尖顶，但云朵立刻被烧灼了，留下一个洁白的洞口；一些人以冥王星为起点，连接银河系的星象图，他们认为，莫利里亚的城市布局图一定和天上的星辰有关，只要无数次尝试，一定能够绘制出莫利里亚的地图；数学家们则从河流中寻找线索，他们将世界各地的河流曲线绘制于坐标轴上，每条河流曲线都转换成固定的函数表达方式，而所有函数在坐标轴上相交的点，应该就是莫利里亚在宇宙坐标中的位置；一位学者提出：莫利里亚其实就处于π的终点，是无穷的尽头……可是，越想使之昭显，莫利里亚便隐藏得越深，人们所有的尝试都以失败告终。

世上没有任何一座城市像莫利里亚那样，从来没有人见过，却被一代代人书写着、记载着、传阅也寻找着。上帝的神力附着于莫利里亚的城市周围，一旦人们想要书写它、记住它，就会越容易地被它迷惑、将它遗忘。

欲望 · 之三

这种书不是用来读的，而是用来听的，只有在阿纳斯塔西亚，人们才能听见词语破碎的声音。

小孩子在地上滚铁圈，远处布谷鸟的啼叫，汽车穿过闹市到达郊区，七色的彩虹旗在空中呼呼作响，光被折断，宇宙大爆炸传来的余音……在阿纳斯塔西亚，每翻开一页，你都能听见文字们发出自然的声响。“老嬷嬷摔破了瓷碗，她站起身来……”如果不认真“阅读”，你就会被听觉欺骗——还以为是身后的女佣收拾厨具摔了一跤。“一只鹅从身后飞过了。”“孩子们正在沉睡。”“冰河破裂。”

你听见书里风吹的声音，听见一整天的雨声，听见逝去的亲人在书里呼唤你的名字，尽管你无法看见他们的模样，但那些声音都真实地在你耳边回荡。阅读就像在对抗死亡……阿纳斯塔西亚就是这么一个令人着迷的城市，它的书页里藏着塞壬女妖的歌喉，你得有强大的自控力，才能从书中挣脱出来——

可是，若你真的从中脱离，又怎能享受到书籍的动人乐声呢？谁不想倾听天使的祷告？谁不想感受爱人的呼吸？谁不想在忧郁的夏天听一夜的海风？

在阿纳斯塔西亚，人们沉浸于书籍带来的幻境，外来者时常以为这是一座热爱阅读的城市，可是只有长久身处其间，你才会发现真相：所有人都是书籍的俘虏，阿纳斯塔西亚的主人是书而不是人。他们被书籍的声音控制，而失去对现实声音的敏锐感知。他们本想通过“阅读”获得对真实世界的认识，却在这个过程中，渐渐远离了现实。成为俘虏有时也是一件很快乐的事情，就像沉迷于香烟和酒精带来的幻觉中，忘记现实的忧郁。那些来自真实世界的呼唤，他们却怎么也听不见。“不要再读了！我求求你，不要再读了，醒醒吧。”年迈的母亲这样呼喊道，然而他们憔悴的儿子，正在声音的幻觉中，享受着一场美妙的音乐会。

欲望・之四

若你想体验极致的性爱快感，就一定要来拜访多罗泰亚，被称为“世界爱经始祖”的《○》便珍藏于这座城市的图书馆里。想要读到这本书需提前预约，每日只接受一人前来观看。

与馆长多次沟通后，他将我的预约号码提前了五十二年的时间，于是，我只用等待两个月排号就能读到《○》。据说，这本书能够使人暂时忘记自己的性别，给读者带来多重的感官体验——时而扮演男性角色，在射精的时候身体颤抖到窒息的边缘，身体如一块坚铁遇到滚烫的岩浆，逐渐化成铁水。又像午后一只疲倦的鳄鱼张开嘴，等待空气自动进入肺部，通过血管传遍全身。你安静地享受着无力的幸福，甚至还带着一点虚无感。此刻你躺在温柔的液体里，似乎轻而易举就能摘掉自己的脑袋、手臂，让肉块落入深海。一位诗人曾这样形容：“你是火山爆发前的沉默与爆发后的抑郁形成的聚合体。”可若读到另一段文字，你就像在扮演女性的角色，身体开始变得柔软，体内的血液四处冲击，被一种没有形状的触角撕咬着；有时候还会像动物那样，充满原始兽性，感受身体被撕裂的疼痛，你的每一寸皮肤都在开裂，肌肉从缝隙里钻出来，你看见自己的白骨，血液与精液混合成一条河，而你抽出自己的骨头在河上滑行——当然，这些都只是我道听途说。在多罗泰亚的酒馆，很多男人都会讲述他们的“阅读经验史”，他们一边喝着啤酒，一边讨论阅读技巧，这往往会比与现实中的人做爱更有趣，因为前者带有未曾经历的神秘与禁忌，而后者，在现实生活中的每个夜晚唾手可得。

我在多罗泰亚的酒馆消遣数日，计算等待阅读《○》的时间，两个月，一个月二十九天，一个月二十八天，一个月二十七天……一个月零一天，一个月……二十九天，二十八天……二十天……时间过得很慢，我必须保持耐心。多罗泰亚的酒馆是个令人感到放松的好地方，这里的啤酒味道奇特，喝起来不会上瘾但会让我忘记许多烦恼。酒馆大厅的北方，有一面“《○》之墙”，上面摆满了多罗泰亚的作家创作的个人阅读体验史，有些封腰上写道：“若能读到《○》，则死而无憾矣！”我大概翻完了十多本私人读后感，一边畅饮啤酒，一边心怀向往，我对《○》越来越好奇，它究竟是一本怎样的书，能够有如此神奇的魔力？

倒数第八天的早晨，我从酒馆的沙发上醒来，向服务员要了一瓶“黑色啤酒”，照常走到《○》之墙，我已经读完六十八本书了。每个作者写的感官体验都不一样，有些人说自己变成了螃蟹，在一条由少女的尿液汇集成的大河中游泳；有些人说自己好像已经死去，完全没有感觉到翻书的动作，却在读到书的最后一页复活了，似乎什么都没有经历；还有一位作家，说自己完全变成了一根巨大的阴茎，被一把刀切成了几千个碎片，它们又形成了一个个活蹦乱跳的生殖器，在原野上玩捉迷藏……

我在书墙前翻阅，一个穿着灰色衬衣的男生走到我身旁，拿起那本被我放下的书。他与我差不多高，带着眼镜，从着装上看不像多罗泰亚本地人。

“你是来这里旅游的吗？”我试探道。

“不是，为了读书。”他说，“读一读《〇》。”

“那你需要去图书馆排号。这里只有关于《〇》的读后感，还有一些特色啤酒。”我说。

“我知道，不过我等不了那么久，已经排到五十四年以后了，可能到那个时候我已经死去了。”他说。

“五十四年，其实很短。”我安慰他，“你需要来一点酒吗？这里的啤酒味道很不错，还能让你忘记不少烦心事。”

我带他走到吧台前，他向服务员索要一杯波本，服务员告诉他这里没有波本。

“那就随便什么都可以吧！”他说。

我让服务员给他调制了一份蓝色啤酒。蓝色啤酒是天空、海洋与盐混合的味道。

“你长得真像我一个失散多年的弟弟。”我告诉他。

“你用这句话欺骗过多少人？”他喝了一口杯中的蓝色啤酒。

“我的意思是，如果我有一个失散多年的弟弟，那么肯定就是你了。你的眼睛跟我的很像……”

“我不知道自己是什么样子,我从来没有照过镜子。”他说。

“不可能吧，你今年多少岁了？”

“二十二。”他说完，又让服务员给他添了一杯蓝色啤酒。

“和我一样的年龄。”我说，“你看看我，我的样子就是你现在的模样。”

“你真会开玩笑。”

“也许，你是我的镜面。”我对他说，“你叫什么名字？”

“我觉得讨论这些问题没有意义，你为什么对我感到好奇？”

“我突然有点喜欢你了。”我说，“一个跟我类似的人，为了相同的目的在同一个地方偶遇。”

“是吗？我想知道，初次见面就说出的‘喜欢’究竟有多少是真心的呢？老兄，你是因为太久没有做爱而感到寂寞了吗？可是在多罗泰亚，有很多地方都可以找到消遣的人。”

“不，我单纯是因为发现了一个与我有某种共性的人而感到好奇。当然，我确实很久没有做爱了。”

“我没有看出我们有什么共性。”

“毕竟，每个人的感觉都是不一样的。”我说，“难道我不能对你说出我的好奇和喜欢？”

“当然可以。”他喝完第二杯蓝色啤酒。

“其实这里还有红色啤酒、橙色啤酒、黄色啤酒……一共有九种颜色，你可以尝试一下其他味道。”

“我觉得蓝色啤酒挺好喝的，有种我家乡的味道。”他说。

“你来自哪里？”

“一座畸形的城市，有时是天国有时是地狱，但我不会告诉你它的名字。”

“我想我将来会经过那里。”我说，“当我到达，一定会立刻爱上它。”

“你不可能去爱一座陌生的城市。”他说，“你好像，感情有点泛滥，初次见到我这个陌生人就说喜欢，听见一座陌生城市就说爱。太多情感表达就会显得无情，你懂吗？”

“是啊。我就是个多情又无情的人，我现在无法克制住自己。”我说，“我该怎么称呼你？——我突然很想抱着你，不是因为我寂寞也不是因为我滥情。如果只是为了发泄，我完全可以自己解决。我说不出内心具体的感受，也许我需要凭借你来证明自己的存在，需要通过给你一个拥抱而让我感受自己的体温。但并非任何人都可以帮我这个忙，可能我现在正被什么东西笼罩着，刚好遇到你了，一个和我类似的同伴，我——”

“可以了，你的话说得语无伦次，我甚至怀疑你是否认真学过多罗泰亚语。你现在就像一只情欲勃发的猴子，老兄，看看你裤裆那玩意儿，男人的话都是不能相信的，这是你我都懂的道理。你不过就是想把我诱骗到你的床上，一旦你发泄完毕就会抛下我，看着我躺在你的精液里，把我当成你的俘虏，然后你会穿好自己的衣服，门也不关就走远。不管与你做爱的对象是男是女，你都把他们当作一个个性欲工具，你根本没有体会过爱情。”他说，“你看，你沉默了。”

“你真可怜。”他继续说道，“我见过很多油嘴滑舌的人——你，还有我。”

“我想，我喝了太多酒了。”我说，“其实，我真的挺喜欢你的，在多罗泰亚，喜欢一个男孩应该不犯法。”

“当然不犯法。”他说，“但你未免也太操之过急了？”

“因为，我一向不喜欢拐弯抹角。”我说，“你不愿意我拥抱你，那也无所谓。”

他突然从椅子上站起身，走到我面前，抱紧我的双臂，拍拍我后背。“我知道你是一个可怜的人，其实我们都一样。”他说，“从来都没有体会过爱情，这个邪恶的词语。你现在的感受，我每日都在重复体验。但是老兄，我真的对你没有兴趣。可一个拥抱我也不会那么吝啬。”

他抱着我身体的时候，我感受到了他的热气，这时候我好像体会到自己作为一个人真实地存在着，我的脚站立在大地上，身体发出热量，阴茎勃起紧贴着他的身体，那种前所未有的愉悦在我的大脑里乱窜，我紧紧地抱住他，将他拥进我的怀里，我想告诉他现在我有多么真实，告诉他我有无穷的力量可以用来发泄，我想亲吻他的脸颊，再将他一口吃掉，成为我肉身的一部分，我想脱掉他的衣服，把他的身体刻进我的眼睛……

我贴近他的耳朵，对他一字一句地说道："八天后的早晨，你去图书馆，告诉馆长，你的名字叫作拉班 · 扫马，他就会让你进去阅读那本叫作《○》的书。我在这里浪费了太多时间，我已经读过《○》了。"随后，我松开手，将衣服整理好，头也不回地走出酒馆，就像抛弃一个尚未食用完毕的猎物。而我，还有一大堆精液淤积在体内无处发泄……

就是这样，在多罗泰亚，个人的感官完全被一种神奇的力量控制着。人们总会莫名其妙地感觉遇见了爱情，无数错乱的欲望足以迷惑人们的双眼。

站在多罗泰亚城门，我突然产生了一种疲惫的感觉，就像是做完爱后的空虚和怀疑——隐藏在一个不属于自己的身体里，可我觉得自己好像什么任务都没有完成：我究竟是看完了那本《○》，并被它篡改了记忆呢？还是仅仅在酒馆待了一段无聊的时间，喝过一些啤酒、遇见一个陌生的男孩？

我现在什么都记不清了。

欲望·之五

作为尘土的一部分，你无法看清阿尔嘉的轮廓，你只知道，脚下的这片土与另一片土，都属于阿尔嘉城。火车开在荒芜的土地上，一座楼与另一座楼隔着大片沙漠，孤独连着孤独，至于阿尔嘉的中心城区在哪里，没有人说得清楚——因为它太辽阔，已经失去了作为核心的主城。

生活在阿尔嘉，你拥有最多的两种东西便是：无尽的沙尘与无聊的时间。除了每日细数门前变换的沙石，你还可以靠种书来打发时间。埋下一本本书籍，等待它们生长，枝繁叶茂，夜晚开出幽僻的花朵，催生秋日的果实。广袤的沙漠中，你将门前装点成一座小型花园，这样既改善了周边环境，还能使你感到生活不那么空虚。

但是种书是一门技术活，它很考验人的耐心，稍不留神就会失败。播种一本 300 页的书，需要朗读 300 天，才能收获；同理，种植 582 页的书则需朗读 582 天。你种下一棵书，书页在泥土中腐烂，化作养分，线索开始生根发芽，破土而出长成树干，那些副词、介词、代词、连接词、谓词、动词、叹词以及标点符号会变成叶子，挂在树枝上，等到枝繁叶茂，形容词便会开花，一旦花谢，名词就会立刻长出来成为果实。在这期间，你必须每天朗读一页书籍，作为它们生长的养料，为他们施肥。所种书籍与所读书籍必须一致才有效。

成为一个合格的种书人，你还需要掌握一些常识。种书与种树在某些方面具有类似的特征，就像播种一棵树无法使所有果实都成熟一样，播种一本书也无法收获所有的名词果实。有些名词果实会在中途死去，这是很正常的事，一方面受到恶劣天气的影响，大风吹走了名词，狂沙席卷而来，掩埋树枝，运气不好的书会连根枯萎；另一方面，假设某本书中第 61 页写着“坚体中石、箭，脑浆迸裂，人马皆死于岘山之内；寿止三十七岁”，那么第 61 天，一颗马果实和一颗名为孙坚的果实就会死去，它们掉落在地上成为其他果实的养料。只有那些活到最后一页的名词果实才能成熟、结果。但是，你也可以提前将它们摘下来，在第 60 天，你摘下青涩的孙坚，把它储藏好，便可适当延长它的寿命。你的房间里，保存着一颗颗名词果实，就像热闹的集市。

为了丰富你的花园，你购买了大量世界之外的书籍，坐着火车长途跋涉，将它们运回了家里。你觉得生活中许多琐事消耗了你的生命，使你感到自己成为负重的蚂蚁，对你而言，只有种书才能体现自我价值，尽管不会有人知道你种了多少书，也不会有多少路人从你的花园旁边经过。你就只想一心一意去种书，每天为它们施肥——读一篇文章，看见它们长大开花，偶尔你还会记录它们的生长日志，写一写种书心得，若是阿尔嘉的其他市民远道而来询问你关于种书的技巧，你也会耐心为他们讲解。“这样……这样……然后这样……”很快，他们就按照你的方法，种下了茁壮生长的书。

有一天，你开始着手一项伟大的计划：用三年的时间播种一本叫作《安娜 · 卡列尼娜》的书。这本种子的提供者叫托尔斯泰，他收了你十三阿币。“对欧洲人而言，十三是一个不幸的数字。”托尔斯泰说，“不过，在阿尔嘉，∞才是不幸的，因为这里有无尽的沙尘。”你说是呀，阿尔嘉人才不会那么迷信。你带走了两本《安娜 · 卡列尼娜》，一本是活的种子，用于播种，一本是已经死去的种子，用于阅读。

你每天为它辛勤施肥：“幸福的家庭都是一样的，不幸的家庭却各有各的不幸。奥布隆斯基家中简直乱成了一锅粥……”你看见它从土里冒出芽，看见它笔直生长，比花园里所有书都要高大，渥伦斯基、列文、卡列宁……一个一个都生长了出来。

“但安娜不等哥哥走过来，一看到他，就迈着矫健而又轻盈的步子下了车。等哥哥一走到她面前，她就用一种使渥伦斯基吃惊的果断而优美的动作，左手搂住哥哥的脖子，迅速地把他拉到面前，紧紧地吻了吻他的面颊。”终于，在这一天，安娜出来了，你观察它们长出成熟的人形，那颗名叫安娜·卡列尼娜的果实就生长在卡列宁与渥伦斯基之间，你觉得她实在太美，禁不起诱惑的你加快了阅读速度，但是书籍仍然按照固定的周期生长，你提前知道了结局，知道了所有人连绵不尽的感情，而你并不愿意让安娜坠落到花园里。

在第730天的早晨，你从书上摘下了她，她不再经历那些痛苦的生长过程，你改变了故事的发展脉络。

看见她站在你面前，跟托尔斯泰笔下写的一模一样。你说:“安娜，现在一切都改变了，一切烦恼都不见了，你可以选择一种新的生活。”

安娜环视你的花园。“真美。”她说，“不过，从来没有一种所谓的新生活。每一种生活都是重复的，现在是我，是你。很多年以后就是其他人在扮演我们的角色。”

“这是所有人的痛苦，让我们暂时忘记这些痛苦吧。”你说，“安娜，愿意和我跳一支舞吗？我们现在有那么多时间可以虚度。想想看，如果不把时间用来浪费，那就真的太浪费了！别去管那些无聊的琐事了。现在只有阿尔嘉是真实的——只有你和我！”

你们在花园里从一棵书下漫步到另一棵书下，欣赏完整座花园，你便带她去环游阿尔嘉这座茫茫沙城。“我在这里生活了二十二年，它实在太大了，我到现在还不知道它的边界。”你说，“即使这里太阳落山了，在阿尔嘉遥远的另一块土地上，太阳才正在升起吧。”

你们在火车上吃完了晚餐，安娜望着车窗外夕阳下的沙漠，不时会出现一小片花园，忧郁的沙漠里一抹动人的绿。“为什么阿尔嘉的人喜欢种书呢？”安娜问。

“一半出于热爱。”你说，“另一半则是时间的原因。一年三百多天，除了面对荒漠，总得找到一件用来对抗时间、对抗荒漠的事吧。”

“安娜，你有想播种的书吗？”你问。

她不回答。

你带她熟悉阿尔嘉的城市风光，适应这里的生活。你也为她造了一座花园，让她坐在一棵书下，你为她画像。你以为这是生活的开始，你们还有许多时间可以用来做想做的事。有时候，安娜会为你栽培书籍，在《你喜欢勃拉姆斯吗？》成熟以后，安娜摘下宝珥果实，将她贮藏好；有时候，她清扫花园里的落叶和腐烂的果实残骸。你看见她穿着那身黑色大衣，她回过头问你：“为什么最近掉落了那么多果实？”

“因为，它们都自杀了。”你说，“忧郁的作者写出忧郁的书籍。如果不想让它们死去，就提前摘下来吧！”

安娜将扫帚放在《灵魂之伤》下，坐在台阶旁看着整座花园，而你就陪在她的身旁。你们看着花园里的书，每隔几分钟就有一颗果实掉落，像预言准时到来一样。

“鲍比死了。”她说。

“波洛也死了。”你说。

你们好像失去神力的上帝分离的两面，又像伊甸园里的亚当和夏娃，在花园里为每一颗死去的果实哀悼片刻。

“那么，当你死去，世上的哪一座花园会掉落一颗果实呢？”安娜问你。

你无法回答这个问题，突然想到，原来也有人在某个地方播种你，观看你生长成熟，在树枝上晒着太阳。而你并不知道究竟是谁为你每日施肥朗读。“好像一个无法解开的循环，安娜。”你说，“生命存在的形式，像个没有终止的循环。”

“不是这样的。”安娜说，“也许有终止的那一天。”

在太阳下山之前，你看见安娜在花园里挖好了一个坟墓，她将地上的果实收集起来，扔进了墓穴里，将它们掩埋。

“其实，它们会自然腐烂的，即使不这样做——”

安娜打断你的话：“每一颗果实，都需要一种有尊严的死法。”

你看见她为墓地撒上五色的鲜花，那些词语连接成精美的悼词，默默祝福它们。安娜在墓碑上写下它们的名字：威廉、鹤川、阿森巴赫、帕洛马尔……好像他们已经相识很久了。

你不知道她的行为有何意义，你也不知道自己的存在是否需要设置一个意义。在一个月后的某一天早晨，你呼喊着安娜，却见不到她的身影，你看见桌上有一封安娜的信件，正面只写了她的名字，背面却是一片空白。你突然想起读到的故事结局，于是慌忙跑到火车站去，你想告诉她，不必那么着急追寻死亡，因为这是迟早的事。

你来得刚刚好，一踏进站口就听见广播消息，某位女士卧轨自杀。

你以为自己改变了故事，但始终逃不了必然的结局。不论是他人的生活还是自己的生活，你都无能为力。可你并不想就这样失去她，于是你决定拆穿生活为你设置的谎言，一定有什么方法可以改变事物的运行规律，你固执地要去寻找破译的密码。

你再次长途跋涉到阿尔嘉书店，去买了几本《安娜·卡列尼娜》，将它种在花园里，为它朗读，等它开花结果，安娜出现在树上，你将她摘下，看见她如初的面容，你说："安娜你还记得我吗？"

你说："在死亡之前，漫长的时间需要用来浪费，你还没有完全体验虚度的生活。"

你说："如果生活仅仅是重复，那就重复好了。"

你说："在傍晚到来之前，阿尔嘉的天空红得像鲜血一样，让我们去城市的远方吧。"

你说："不需要任何行李，你想戴一朵花吗？"

你语无伦次，她对你微笑。在阿尔嘉广漠的天空下，生与死没有明显的界限。

她望着这片苍茫的沙漠，你看着她，你知道，她只是一个新生的安娜，另一本书长出来的安娜。如同世上没有两片完全相同的树叶一样，世上没有两个一模一样的安娜·卡列尼娜。

你打乱了罗盘的运行规则，以为自己可以接近神性。你穿行于他人的生活轨迹里，并按照自己的方式进行修改。那么，现在你要怎样重新开始生活呢？没有名字的你，阿尔嘉城的一粒沙。

附录：《实用种书指南》

1. 名字相同的书属于同一个品种，两本书生长出来的果实尽管名字、外貌、体形等一模一样，却不是同一个果实，它们都是单独的个体。

2. 种植书本需要的天数等于书籍的页数。

3. 外国品种的书籍由不同译者翻译、不同出版社出版，则会有不同的种植效果，购买前请学会甄别书籍。

4. 成熟的果实只有一个月的保质期，一个月后将会腐烂。

5. 一本书只能播种一次，果实全部成熟一个月后，树干就会枯萎。

6. 有些书是死种，无法生长；有些书带有毒性，详细目录请参考《毒书指南》。

7. 书籍只适合在沙漠种植，不能浇水，遇水则腐烂。

8. 果实可用于出售。

9.……（后文缺失）

收集者
·
五

拉班·扫马漂浮在河面上，思考关于自身存在的形式。他想在秋天看见四月的花卉，他试着理解尘埃的死亡以及河面上蜘蛛结的网，那些白色的蛛网将水中的杂物托举到水面，行船的清洁工便将它们打捞上岸，这座没有名字的城市是如此神奇——尽管它没有名字，世界上却到处流传着与它有关的故事。许多收集者都曾在此地停歇，它是一座没有主人的城市，或者说，这些不断到来又离去的收集者就是它短暂的主人。一些人在大树下挖了一个大坑，用芦苇叶覆盖身体，准备睡一觉再继续长途远行。一些人坐在粗大的树干上吹口哨，蝴蝶凝固在他们的头顶。当太阳接近这座城市时，热量使河水蒸发，水蒸气像雾一样包裹着街道。拉班·扫马和另一些收集者游到河岸上，分享彼此的收集经历。

他从别人的谈话中得知，一位名叫沟口的少年，在收集美的途中，因过于沉溺美带给他的幻境而将美丽的事物毁于烈焰，一位收集空气的少女在海底窒息而亡，一位收集螺旋体的画家最终变成了螺旋体。还有一位莱萨城的游戏收集者，专门收集孤独的游戏，现在他正在树下绕圈跑着。他的身上散落了许多张“游戏卡片”[1]。“收集是一件充满诱惑的事，收集者必须与他所收集的事物保持距离，才能清楚地认识到彼此间微妙的关系。有些尺度不可逾越，不论收集多么崇高的东西，作为收集者，依然要面对现实，我们得认真生活，收集只是生活的内容，不是生活的目的。”一位收集颜色的老者说道，“我曾经想创造一种世上从未出现过的颜色，因为我觉得这个世界所呈现出的色彩太匮乏太单调，我试验了无数次，依然无法制作出一种独特的色彩。每一种颜色都是真实的，根本不存在从未出现的颜色——你们一定以为我是一个轻易放弃的人吧？不懂得坚持？只是因为我改变了想法，比起创作颜色，我觉得生活才是最重要的事情。我已经失去了很多时间——我需要重新面对生活，才能在生活中寻找色彩。”

“一位爱说教的收集者。”拉班·扫马心想。但其实，在这座休憩之城，说教者是少数，大部分收集者仍像拉

1　见附录“游戏卡片”。

班·扫马那样安静地倾听，在自己的脑海中回忆已走过的路途，再幻想未来即将抵达的城市是何种模样。他们面对现实的同时也紧紧把握住想象世界，在两者之间来去自如，这种不可思议的转换会使他们比别人体会得更多——比如拉班·扫马在脑海中建造了一座黄色多灵城。他每天梦里对它修建一点，增添一些材料，它便日渐变得繁荣。它拥有四条主干道，有一座景教堂，有可以用来储存橘子的地窖，还有一个生长着五条金鱼的池塘……尽管多灵城空无一人，尽管它不可能在真实世界存在，却并不代表多灵城是虚无的。如同许多未经书写的文学作品那样，它们以一种被遗忘的方式存在着，它们只是创作者脑海中构想的作品，但它们这种没有具体形式的存在方式往往会比现实中的事物更长久地存留。大地上许多城市在时间的消磨中失去了痕迹，巴别塔却在虚无与混乱中成为永恒之城，时间无法侵蚀它的任何一块砖石。

“虚无与存在，似乎不是一对势不两立的反义词。在虚无中，存在是永恒的。”拉班·扫马想。一个收集者拍了拍他的肩，打断了他的构想。

“我听说你是一名小说收集者。”他说。

“是的。不过，我能够收集到的小说，少之又少。”拉班·扫马说，“因为小说，已经发生了改变。它们不均匀地分散在世界各地，发展成不同的文学形态，我很难发现它们。”

“也就是说，你收集的其实是‘文学形态’？”

“我也说不清。”拉班·扫马说，“它们的存在形式变得越来越不可捉摸，而我的思想还没有发生太大改变。我感觉，收集小说变得更加困难了。我曾以为，了解一本小说的最佳方式就是去了解它出现的城市，不同的城市孕育出不同的文学形态。如今看来，我的想法有点过时了，因为你根本不知道它们什么时候会发生变异，在看似普通的文本背后，隐藏着另一层神秘的文本。你知道吗？也就是一篇文本不断地自身繁衍，或者异化，催生出新的内容，将原始文本包裹起来，它们会生长成一个球体，或者其他任何奇怪的形状。你需要一层层地对它们进行解码，将这些同体的新生文本按照合理的序列编排——但其实很难做到，因为混乱、缠绕才是它们的存在形式。如果将它们肢解成单篇文本，它们的独特性也就消失了。这也仅仅是文学发生的一项微小的改变，那些非常巨大的变化，我还来不及查明。”

“听起来，很神奇。”那个人说。

“时间在流逝，星球的运行轨迹发生了轻微偏差，一切事物的存在形式都在改变，存在于虚构中的文学也不例外地受到了影响。”拉班·扫马说。

“或许我得首先改变自己。”他小声地自言自语。

形式·之一

一个人长时间骑马行走在丛莽地区（这些盘曲虬结的是什么根，从这堆坚硬如石的垃圾里，长出的是什么枝条？人之子，你说不出，也猜不透，因为知道，一堆破碎的形象，这里烈日曝晒，死去的树不能给你庇护，蟋蟀不能使你宽慰，而干燥的石头也不能给你一滴水的声音[1]），自然会渴望抵达城市［虚幻的城市，在冬天早晨的棕色浓雾下，人群流过伦敦桥，那么多人，我没有想到死神（见惯了生离死别，现在总算跟死神打了个照面[2]）竟报销了那么多人[3]］。他终于来到伊西多拉，这里的建筑（一个房间里方形的地板门已经打开，土坯的阶梯通向黑洞洞的地窖[4]）都有镶满海螺贝壳的螺旋形楼梯，这里的人能精工细作地制造望远镜和小提琴，这里的外来人每当在

---

1 ［英］T.S. 艾略特，《荒原》。
2 ［德］贝内迪克特·韦尔斯，《直到孤独尽头》。
3 ［英］T.S. 艾略特，《荒原》。
4 ［阿根廷］豪尔赫·路易斯·博尔赫斯，《沙之书》。

两个女性（你将在溪水中同少女一起沐浴，她们将用臂膀拥抱你。当你从水中出来，她们会为你编织玫瑰和石竹的花冠。她们有蝴蝶透明的翅膀，还有波浪形的长发在美丽的额头周围飘扬[1]）面前犹豫不决时总会邂逅第三个，这里的斗鸡会导致赌徒之间的流血斗争（偶然的力量是无穷的[2]）。在他盼望着城市时，心里就会想到所有这一切。因此，伊西多拉便是他梦中的城市（记忆提供了素材，城市民俗和城市歌曲同样提供了素材[3]），但只有一点不同。在梦中的城市里，他正值青春（七岁，他开始写小说，写大漠中自由放浪的生活，森林、太阳、河岸、草原！——他开始翻阅带插图的小报，红着脸，看那些嬉笑的西班牙女郎和意大利姑娘[4]），而达到伊西多拉城时，他已年老。广场上有一堵墙，老人们倚坐在那里看着过往的年轻人（某一回，道路发生山崩，压死了几位旅人，这时有些人，仿佛远在天边，又仿佛近在眼前[5]）；他和这些老人并坐在一起（观察人的苦闷、鲜血和临终的呻吟，会使人变得谦虚，使人变得纤细、明朗、温和[6]）。当初的欲望已是记忆[7]——我自然不知道什么叫背井离乡。我待在这里，就像百年大树一样根植在这里，

1 ［法］洛特雷阿蒙，《马尔多罗之歌》。
2 ［葡萄牙］若泽·萨拉马戈，《所有的名字》。
3 ［英］V.S. 奈保尔，《康拉德的黑暗我的黑暗》。
4 ［法］阿尔蒂尔·兰波，《兰波作品全集》。
5 ［危地马拉］奥古斯托·蒙特罗索，《黑羊》。
6 ［日］三岛由纪夫，《金阁寺》。
7 ［意大利］伊塔洛·卡尔维诺，《看不见的城市》。

一动不动，让人绝对放心。我的侧影映在窗上，纹丝不动。（死亡将更近更轻盈[1]）这种惰性和迟钝，就是我的生活，我不会改变什么[2]了。

1 ［法］让·热内，《阳台》。
2 ［法］菲利普·贝松，《脆弱的时光》。

形式·之二

1. 从那里出发，向东方走三天，你会到达艾尔西里亚。

2. 从任何一座城市出发，向任何方向走三天，你都会到达艾尔西里亚。

3. 你的出发地与艾尔西里亚相距三天时间，这期间，你不断行走，路过荒凉的大山，你踢着脚下坚硬的黄色土块，感受风沙吹拂脸颊，当你累了，便坐在路边休息，摇晃着玻璃瓶中所剩无几的血水。你需要找到另一只金鸡，割裂它的脖颈，为了到达艾尔西里亚，有必要使某些存在的事物消亡。

4. 从那里出发，那里——一个被称为城市的怪物，日夜吞噬着人类，将他们分解成水、知识、固体废物和记忆。那里，一个小男孩的白色衣服成了葡萄的祭品，人们将它深埋土里，期待森林长出白葡萄。“白葡萄”等同于另一个世界的上帝，为了显示他们忠诚的信仰，每天夜晚睡觉之前，他们都会作祷告：白葡萄、白葡萄，永远明朗的月亮光……

5. 一个名字叫“指引”的男人为你画了一张地图，他说：“向东方走三天，你会到达艾尔西里亚。”他用手指向东方，一朵乌云正在生长，乌云上面是另一座城市，泰克拉，虽然它离你近在咫尺，却不是你现在应该前往的地方，很多事情都是这样发生的：你途经一座城市只是为了到达遥远的地方，你不断寻找、相遇、告别、前进，而在未来某个时刻，你从那里出发，去往更远的目的地，当你到达时，才会发现，原来你早已经过它了，只是从未进入其中。泰克拉，就是这样一座使你必将返回的城市。

6. 东方：距离西方一米，从北方走向东方需要两小时，从南方走向东方需要乘船漂流五天五夜。但是，从东方走向东方，会使旅人迷路，你最好随身携带一本《迷失漫游指南》，书中会告诉你如何面对错综复杂前行之路。比如，你可以痛哭一场，当你的两颗眼珠混合着泪水一同滚落，你将再也不必分辨方向，任何一方都有月亮挂在头顶；又比如，你奋力将身旁的泥土挖掘出来，堆积成一座大山，掩埋世界上所有道路，你坐在高高的山顶，使它成为宇宙唯一的终点。

7. 三天不是时间概念，也不是用来修饰空间的距离。它指的是为了使你到达目的地，一座城市从修缮到完成的过程。当你出发，艾尔西里亚便开始更新城市内部所有腐朽的部件，你一抵达城市它便转化成了一座崭新的艾尔西里亚，而在你离去的那一刻，它又开始变化。总之，不论你使用多少时间在何时进入艾尔西里亚，你都不可能抵达真正的艾尔西里亚。三天，有时也被人叫作：无法确定的衡量数值。

8. 每一座城市都是蛛网上的一个结点。你用来连接它们的是无法被看见的线——你的记忆、你的欢笑、你的语言、你的动作、你的忧郁、你的战栗……城市之间被无数线索缠绕，越来越多，越来越乱，最终，你也无法分清条理，你根本找不到最初形成的那一条线，只能勉强将颜色较深的部分辨别出来，有时你会忘记当初为何来到一座城市，就像忘记为何离开它一样。

9. “你会到达艾尔西里亚。”女巫看着水晶球里的幻境对你说。你问了她另外几个问题：艾尔西里亚究竟是一座怎样的城市？我在那里能够找到什么？“什么都没有。”女巫说，“和所有城市一样，只是废墟，你什么都找不到。”于是，你开始怀疑，既然结果是虚无的，为什么要启程呢？“我不知道。”女巫说，“这不是我该考虑的问题。如果你觉得旅途无聊，可以在途中看看书消磨时间。”你在女巫的书房里找到了两本书：《如何占卜未来》和《如何无法占卜未来》，你选择了后者。

10. 其实你已经度过了两天愉快的行程，既没有迷失荒野，也没有感到无聊。你计算太阳与你之间变化的微妙距离，到了夜晚，你数着天上的星星，当你数到第三千六百三十二颗时，第三千六百三十三颗星在夜空爆炸了。你心想，明天再继续数吧，于是爬到树上睡着了。

11. 如何无法占卜未来？第一页：按照错误的方式连接星象图。第二页：忘记语言。

12. 一位名叫柯西莫的少年问：你也生活在树上吗？你告诉他，你只是在树上睡了一觉。他递给你一个苹果。你接住了。你问柯西莫，你将前往何方。他说树上就是他永恒的家，没有方向。你确信他不会从树上走下来，最终你孤独地离开了。

13.《迷失漫游指南》的作者：牧羊人。

14. 牧羊人的无聊名言：迷失往往发生在最明亮的地方；一只羊比一只大象更容易迷失于羊群；迷失是一件自我的事，与他人无关。

15. 下了一场雨，你用《迷失漫游指南》遮住头顶。你有点饿了，伸出舌头舔舔空中的雨丝，没有味道。

16. 你会忘记一些痛苦，你会触摸一条流淌疾病的河流，在河中，鸟的尸体向上游漂去。如果你走累了，不妨收集河中的羽毛，做成一叶小船，确保羽毛足够多才能承载你的身体，它们会很乐意地载你漂流一段距离，为你讲述世界各地的天空、遇见的风和雨、在树林里觅食的乐趣，你安静地躺在河流上，像飞在空中一样轻盈。离别时，你将它们分散开，使它们能够自由地飘向墓地，而你还将继续前行，路过一片存在于它们故事中的云朵。

17. 夜晚，你看见一只金鸡立在路旁，它啼叫了两声，飞走了。一个穿红裙的女人正望着你，她的身后是一座城市。终于你抵达了艾尔西里亚。你走上前询问女人，这里就是艾尔西里亚吗？她说，你已经走过了艾尔西里亚，这里是出城的边界。

18. “那座城市叫什么名字？”你指着她身后问道。“有时候它叫作老鼠城，有时候又叫作燕子城。要根据时间而定。”女人说，“人们也叫它马洛奇亚。”可是艾尔西里亚在哪里呢？“在你走过的所有路途中。”女人说。

19. 从你出发的时刻，到结束的三天里，城市在这一过程中出现、消失，你什么都没有找到，但你已经走过艾尔西里亚了。你想起女巫的话：什么都没有。

20. 占卜与迷失属于同一种隐喻。

形式·之三

今年安德里亚第七届天空文学节中，特比萘芬先生的《碘伏》获得了最佳长篇小说奖。在此之前，特比萘芬也曾获得过多项国际文学奖，他的推理小说被誉为现实与虚构交叠的神话。由于时间关系，我在晚宴的间隙对特比萘芬先生做了一次简短的访谈：

拉班·扫马：也许我可以将你的作品《碘伏》纳入推理小说的范畴，主要讲的是作家V完成了一篇小说手稿，第二天醒来发现手稿被窃，一番周折后才知道是小说中的主角s窃取了自己的文稿，而主角s之所以要偷窃文稿，是因为作家V在文中让主角s偷窃自己的稿子！我不得不佩服你的想象力，但是令我感到疑惑的是，你的这本小说通篇没有出现“碘伏”一词，也没有与之相关的情节，为什么你会用“碘伏”来为小说命名呢？

特比萘芬：没有谁规定小说的题目必须与文本一致吧。事实上，当我写作时，桌上正好放着一瓶碘伏，因此我将它用作了我的小说名。

拉班·扫马：在你的小说中，作家V的文稿被他的小说主角s偷走了，后文也没有交代如何找到失窃的稿子，是因为V的小说消失在了他的小说中，因此无法被找到吗？还说是，你只是在揭示某种现象，至于它的结果则不那么重要？

特比蓁芬：作家V要找到他的小说其实很容易，他只需要重新将小说内容写出来，再改一下故事的结局：主角s不再去偷窃手稿，并将原来偷走的稿子还给了作者。那么作家V将会得到两份稿子：重写的和被s归还的。

拉班·扫马：我读到一些学者对《碘伏》的分析，他们认为你打破了多重虚构的壁垒。首先，你的小说是第一层次的虚构，即作家V的故事。而作家V创作的小说则是第二层的虚构，即小偷s的故事。小偷s跳跃了第二层虚构空间，直接来到第一层虚构空间，偷走了作家V的小说。这之间有一条重要的线索——作家V在自己的小说中写道：我的小说被s偷走了。于是，他的小说文本从第一层虚构空间落入了第二层虚构空间。可是原本就是叙述第二层虚构空间的小说文本落入到了自身话语体系的空间里，是不是会发生奇妙的反应呢？

特比蓁芬：的确如此，s会读到他偷走了自己的创作者的文本，他会发现自己的行为与偷走的小说内容一模一样，于是他会认为，自己是由一个上帝形象创造的，一个无所不能的上帝。但是他不会知道，他心目中的上帝V，也是一个虚构者，在V的背后，仍有一个创造者——我。那么，看起来真实存在的我，背后是不是也有一个创造者呢？如果s是一个小说家，他会不会正在写我的故事？那么，究竟谁才是第一层虚构空间的人，谁又是第二层、第三层、第四层虚构空间的人呢？

拉班·扫马：我记得你曾提到自己创作《碘伏》大概用了两个月的时间，在创作期间，你的生活状态是怎样的呢？你知道，小说的形成过程有时候比文本更有趣，像海明威、佩索阿、伍尔夫、三岛由纪夫都有自己独特的写作方式和生活方式。

特比蓁芬：我没有特别的写作方式，只是在写不下去的时候会和我的小布偶猫待在一起，它的毛发很柔软，而且，它也很可爱，看见它我的烦恼就消失了。在写作的过程中，它一直陪伴着我，我很感谢它。它是我最初的读者，甚至我可以说它也是《碘伏》的创作者之一，没有它就没有这部小说。

拉班·扫马：《碘伏》应该是你的第五部长篇推理小说，之前的四部推理作品也都取得了成功。我注意到一个特别有意思的现象，你的五次推理案件都发生在夏季，至于其他季节没留丝毫笔墨。而且案件基本上在一个月以内就解决了。这是你故意设置的背景还是无意识造成的巧合呢？你很喜欢夏天吗？

特比蓁芬：我的确很喜欢夏天，晒着太阳喝着冷冻的朗姆酒，想想就很惬意。但我确实没有注意到五部推理小说描写的案发时间都在夏日，这或许是因为六七月份让我感到热烈又残酷吧，很适合发生暴力事件。毕竟在春天和秋天我更想欣赏风景，而在冬天，人们大多慵懒地躺在家里睡觉。所以，我无意识又有意识地选择了夏日吧。

拉班·扫马：《碘伏》这本小说最让我感兴趣的不是推理的设计，而是作家V在手稿失窃后陷入沉思的内容。你对V的思想进行了大篇幅描写，在手稿丢失后，V产生了一种“无意义”的观念，他认为一切都是无意义的，不论是现实发生的事件，还是虚构的世界，都处于无意义的状态中，V的无意义观念是不是也是你本人对世界的一种看法呢？

特比蓁芬：我写得越来越多，就越觉得没有写作的必要。很多作家在写作之前都会给自己设定一个预期的“意义”，比如讴歌祖国、赞美爱情、书写青春、表达忧愁等，但这些有意的设置无疑是有害的——对小说本身有害，也对作者和读者有害。有谁会刻意给自己的生活固定某种意义呢？你得知道，生活中各种意义是交叉存在的，而非单一模式。交叉——其实更像是无重点、无逻辑、无目的的形式，所以我觉得繁多的意义组成了无意义的生活。这便是我在小说创作中寻求的一种方向：既不歌颂也不讽刺。比起完成一个伟大的主题，我更愿意设计出一些新奇的文体形式。我觉得小说不必要负担太多大道理，人们已经生活得很累了，为什么还要在小说中继续承担生活的痛苦呢？我在写这本《碘伏》的时候，已将“意义之内”的描写尽可能去掉了，它单纯是在描述主角偷窃作者的手稿一事。这没有任何意义，不是爱，不是恨，不是恐惧，仅仅是一个不可能发生的故事。

拉班·扫马：但其实，你传递出的“无意义”情绪，也正是小说承担的意义。

特比蓁芬：究竟无意义是一种意义，还是意义是一种无意义，目前我还无法完全厘清。不过我会继续思考。

拉班·扫马：推理小说是一种类型小说，几天前，我读到一条评语，说的是“纯文学、类型文学都不应该是烂小说的遮羞布”。我看到你试图在打破人们对推理小说的固有认知。你觉得文学有必要划分出各种类型吗？比如青春文学、言情文学、推理文学，等等。

特比蓁芬：其实类型只是一种标签，它的存在对文本没有提供任何有价值的信息。所有类型的、非类型的作品最终仍然是要回归到文学本身。各种类型文学的最终目的就是消除类型的标签，因为它只会使文学狭隘化——至少我是这样认为的。

拉班·扫马：最后，我想问一下，你的下一部小说计划写什么内容呢？方便透露一下吗？

特比蓁芬：当然可以，接下来我准备写一桩没有凶手没有死者没有侦探没有警察也没有推理过程的谋杀案。

形式·之四

《盲目》成分表

项目	每 100 页	%
虚构	1982 句（J）	85%
隐喻	6 段（D）	0.1%
典故	0 字（Z）	0%
诗化	0 字（Z）	0%
碳		≥ 10%

[配料表] 主人公（李维）、爱情、青春、仇恨、血液、香水、H 公寓、世界、左轮手枪、榆树、螃蟹、冰箱、蚯蚓酱、灭火器。

[阅读期限] 一个月。

[产地] 马洛奇亚。

[贮存条件] 避免阳光直射或高温，避免冷冻或潮湿环境。

[阅读建议] 室内阅读体验更佳，不宜在强光、暗光、反光等地阅读。

爱护环境，人人有责。

若读不懂《盲目》，请将本书扔进垃圾桶里。

形式·之五

左拉（城市）——除了篡改记忆，也在篡改文本。

亚里士多德《诗学》第三卷残本[1]记录了左拉城的六种文本篡改形式。除去集合、跳跃、转换、拼图、归纳和混合这六项，重叠、省略、占卜也是古代左拉城遗留的诗学传统，现有的残本已缺失了后三章的主要内容，只在抄本上留下了名字。

集合：不同作家的语言汇集成一种新的文本。文本早已存在，只是被分散成不同的板块，上帝使它们落在每个人身上，人们只能说出属于自己的那部分，需要按照逻辑顺序使它们显现！比起存在的文本，更为繁多更为珍贵的，是那些神秘的看不见的文本。

---

1 亚里士多德《诗学》共三卷，第一卷流传至今，第二卷毁于《玫瑰的名字》，第三卷残本保存于左拉城。

例文：“我说，今天晚餐后，我们一起念些关于雪的诗吧，为这天气献上应景的白色诗句。”[1] 安吉拉 · 卡特。

“天空白色天空天空天空白色天空天空天空白色天空天空天空天空白色天空白色蓝色天空蓝色蓝色蓝色。”[2] 毕加索。

“毕加索，你就是个蠢货。”[3] 奥黛特。

“二十个世纪以前，罗马附近的一幢乡间农舍里，住着一只有名的享乐猪……当母骡、驴子、公牛、骆驼和其他动物经过它的身旁时，看到它被主人款待得这么好，便很刻薄地批评它……这期间它偶尔也写些打油诗还击，且经常把它们写得荒唐可笑。”[4] 奥古斯托 · 蒙特罗索。

“结冰了。”[5] 川端康成。

“又开始下雪了……整个爱尔兰都在下雪……落到所有死者和生者身上。”[6] 乔伊斯。

“当然，死者也是整体的一部分：死者留在音乐、艺术、诗歌、建筑和数学里的一切。”亚当 · 扎加耶夫斯基，“我们在倾听死者的过程中写下诗歌——当然，我们是为生者写下它们。”[7]

---

1 ［英］安吉拉 · 卡特，《焚舟纪》。
2 ［西班牙］巴勃罗 · 毕加索，《毕加索诗集》。
3 ［法］朱莉 · 比尔曼，《毕加索画传》。
4 ［危地马拉］奥古斯托 · 蒙特罗索，《黑羊》。
5 ［日］川端康成，《雪国》。
6 ［爱尔兰］詹姆斯 · 乔伊斯，《都柏林人》。
7 ［波兰］亚当 · 扎加耶夫斯基，《另一种美》。

“他们还存在时也和你一样。”[1] 切斯瓦夫 · 米沃什。

“什么也没有。但存在过。”[2] 让 - 保罗 · 萨特。

……

跳跃：事件非线性发展，空间按照无标准的形式切割成万亿碎片，连接不同叙事空间的故事，或者同一叙事空间中不同时间段的故事，必须完成跳跃这一最为简便的过程。

例文：“纳塔纳埃尔，不必到别处寻觅，上帝无所不在。”——“啊！既要急切又要耐心地塑造你自己，把自己塑造成无法替代的人。”[3]

“在某处，人们听见了两个声音。”——“过了一会儿，他们各自走开，依然没有说话。”[4]

“悉达多，俊美的婆罗门之子，年轻的鹰隼，在屋舍阴凉处，在河岸船旁的阳光中，在婆罗双林和无花果树的浓荫下，与他的好友，同为婆罗门之子的乔文达一道长大。”——“悉达多的微笑让他忆起一生中爱过的一切，忆起一生中宝贵和神圣的一切。”[5]

---

1 [波兰] 切斯瓦夫 · 米沃什，《路边狗》。
2 [法] 让 - 保罗 · 萨特，《恶心》。
3 [法] 安德烈 · 纪德，《人间食粮》。
4 [奥地利] 罗伯特 · 穆齐尔，《两个故事》。
5 [德] 赫尔曼 · 黑塞，《悉达多》。

转换：转换使故事可以无限繁衍。古代左拉语境中，转换又叫置换。当一个故事被无数次置换部分内容后，将如忒修斯之船那般存在着悖论，全新的故事与最初的故事之间是否存在必然联系？古左拉诗学研究认为，转换（置换）是一切文本能够存在的前提，因此世上必定存在着一个故事原型，以它为母体演化出了无数曾经、现在及未来的忒修斯之船。

例文：S路车，某高峰时间。一男子，二十六岁左右，软帽，[纯黑色]，长颈，仿若[用弹簧连接着头部与身体]。人们下车。该男子与旁人冲突。他指责对方[将冰淇淋滴落在他新买的皮鞋上]。一副哭丧模样却欲呈恶状。看见一个空位，该男子迫不及待地冲过去。两小时后，我在圣拉萨尔飞机场前罗马[游泳池]再次遇见他。他有一同伴，同伴告诉他应当[穿蓝色泳裤]，并指出[纯黑泳裤没有夏日的浪漫情调]。[1]

拼图：题目是一篇文章最核心的部分。在内容产生之前，题目已将作者的话语表述完全，文本内容只是题目的次要延伸。作家和读者都进入了错误的圈套，消耗一生在文本中寻找不存在的真相。必须复归传统，从题目中阅读核心内容，因此，目

---

1 [法]雷蒙·格诺，《风格练习》。

录（题目）拼图则是对作者所有核心观点的必要总结。

例文：布劳提根拼图——大海，海上红唇鳟鱼最后一次游上海曼溪的那年，20 世纪的市长与联邦调查局在美国大梁溪钓鳟鱼。“在美国钓鳟鱼”恐怖分子（“酷爱”饮料成瘾者）在加利福利亚灌木丛中将“在美国钓鳟鱼”矮子运送给纳尔逊 · 艾格林——“在美国钓鳟鱼”宾馆 208 房间，卡里加里博士的小屋。我最后一次看见“在美国钓鳟鱼”，在克利夫兰拆解场山坡上汤姆 · 马丁溪钓鳟鱼，驼背鳟。最后一次提到“在美国钓鳟鱼”矮子，有关“露营热”风靡全美的一则笔记：关于《在美国钓鳟鱼》的封面、《蛋黄酱篇》前传、《将“在美国钓鳟鱼”矮子运送给纳尔逊 · 艾格林》一章的脚注——“外科医生情报，喝波特酒而死的鳟鱼（‘在美国钓鳟鱼’）的尸检报告在天堂……”“在美国钓鳟鱼”笔尖见证“在美国钓鳟鱼”和平，在约瑟夫斯湖（酒鬼们的瓦尔登湖）的那些日子，斯坦利盆地敲木头的布丁大师对莱昂纳多 · 达 · 芬奇半个礼拜天的致敬，咸水溪敲木头的土狼们在永恒之街，钓鳟鱼……[1]

归纳：作者书写文本，却会被自己的语言欺骗。摒弃与多数内容相异的成分，将相近、相似的语言归纳在一起，有利于

1 ［美］理查德 · 布劳提根，《在美国钓鳟鱼》。

还原出一个真实的创作者。

例文：佩索阿归纳

我是一个牧羊人，

我从不曾养羊，

我喜欢这些牧场。

我平躺在草地上，

我为什么要把自己比成一朵花？

我是否比石头或植物更有价值？

我喜欢有足够的时间和安静，

我不匆忙，

我看见河上行驶着一条船，

我的目光清澈，

我的目光像天空一样蔚蓝。

我坚持写诗：

我村庄的河流、

我的神秘主义、

我生活的最终价值，

我的诗很有意义。

我不为韵律操心，

我对事物以美相称，

我并不总像我所说和所写的那样，

我宁愿像鸟儿那样飞过，

我已经来过并留下。

我发现不思考是多么自然。

我病了。

我不太在意。

我走进房间，

我整夜无法入眠——

我存在于睡与醒之间，

我突然从夜间醒来！

我每天都伴随着快乐和悲哀醒来！

我将会以另一种方式醒来：

我和正在到来的早晨。

我相信我快死了，

我存在于我的肉体里。

我不知道理解自己意味着什么，

我天生就是一个葡萄牙人，

我随风行走，

我从不曾努力生活。[1]

1 ［葡萄牙］费尔南多 · 佩索阿，《坐在你身边看云》。

混合：如果左拉混乱成一片废墟，未来的人能够将它的繁荣再现吗？如果文本混合成没有逻辑的语言，未来的人还能读懂隐藏在语言背后的文化、历史、情感和消失的规则吗？

例文：杰出人物的姓名，在每个观念和每条路线的转折点之间，品德，大地已经把她忘却了，但是，为了让人更容易记住，植物与矿物的分类，世上最博学的人就是把左拉印在记忆里的人，崩溃了，于是就萧条了，数字，消失了，左拉被迫永远禁止不变，战役的日期，于是，我要登程走访左拉却是徒劳的，星座和明信片，你都能确立帮助唤起你记忆的相似或相对立的关系。

重叠：缺失

省略：缺失

占卜：缺失

一个不可忽视的事实：记忆正在改变左拉。——亚里士多德《诗学》第三卷残本

收集者

·

六

沙漠下了一场雨，拉班 · 扫马把帽子戴在头顶，一个女人牵着骆驼从他身旁经过。“异乡人，你也忘记带伞了吗？”女人转身问道。

“不是忘记，只是我不喜欢打伞。”拉班 · 扫马说，“这片沙漠真奇怪，我以前不知道沙漠也会下雨。”

“当然会了。下雨是由天空决定的，与地面无关。”女人说，“你前往的方向似乎和我一致，你想去哪里呢？”

“下一座城市。”拉班 · 扫马说，“也许往北走，也许向南方。我不知道它在哪里，或许我已经错过了它，去向更远的地方。我唯一确定的就是我总会到达一座城市，不管它叫什么名字。”

“你也是一个游荡者吗？”女人问。

“不，我是小说收集者。”拉班·扫马说，“游荡是没有目的的。”

“你错了，游荡的目的就是它本身。收集是将不可能的事物变成可能，游荡则是让不可能的事物成为不可能。”女人说，“从未来到过去，我已经走过了两百多个城市。我不妨为你预言一次，你的下一站在伊莱纳。不过，你所到达的伊莱纳与我口中的伊莱纳并不一样，你只能进入一所城市短暂的未来，却无法感知它的过去与现在。”

未来·之一

如何讲述伊莱纳的非凡之处呢？在世人眼中，伊莱纳几乎是“未来”的代名词。世界上第一本“未来之书”便出自这座城市。

作为未来主义的开山之作，《一本书的自传》终结了书籍对作者的依附关系。它由书本自身写成，“一本书的自传”既是书的名字，也是作者的名字。这是一本独一无二的自传，没有任何虚构成分。

翻开第一页，就能了解这本书自创的原因：“一天，《一本书的自传》躺在书桌上，它想，‘我得为自己写一部自传了！’于是它开始写道：一天，《一本书的自传》躺在书桌上，它想，‘我得为自己写一部自传了！’就这样……”

跟人类、机器人、动物、植物写作不同（它们都有一个与书本相异的独立主体），这本书的出现，对作者的存在提出了挑战与质疑，书本自我写作直接抵达了写作终极之问：是否需要书本之外的客体将故事记载下来！作者将面临失去写作的危险—— 一旦书本比他们先写出内容，他们是否仍有重复写作的必要？

从《一本书的自传》开始，书本自我写作成了文坛的一股新浪潮，《烟花表演》《洛必达守则》《没有龙》等一大批小说在作家构思前就已自动写完，它们被称为“激进的先锋派”；另有一些已被作家写出的小说，重新改写了自己的内容，列夫·托尔斯泰的《战争与和平》更改了小说结局，为了突出与原文的差异，它将名字也调整了顺序，变成《和平与战争》。《借来的时间》《巴黎圣母院》《红与黑》等小说也都或多或少进行了自我改造，因此，它们被人们称为“后来改造派小说”。

不管是激进的先锋派还是后来改造派小说，它们打破了读者、作者、评论家等遵从的文学逻辑，引发了一系列不可解的疑问。当一本书被自己写出来了，面对这种结果，文学到底会得到什么又会失去什么？

读者会失去什么呢？一个作者的名字？还是无法解读一本书背后的创作历程？但是，谁又能肯定，由人写作的书一定比由书写作的同一本书具有更丰富的背景与更深刻的内涵呢？

未来·之二

“这是奥塔维亚的古语吗？”我拿着一本封面画着将士的书籍向书店售货员问道。

“你没有听说过这个作家吗？”他说，“奥塔维亚久负盛名的小说家毛力三色猫，你手上拿的正是它的处女作《昨日猫咪》。”

“这么说，这是一本用猫语写成的小说！作者竟然是只猫？”

“对呀，这有什么奇怪的。”售货员指着我身后的书架说，“那里还有鳄鱼写的散文，乌龟写的‘游弋体’诗歌，野狗写的‘吠体’小说。不过，在奥塔维亚，猫作家仍然占据文坛主体。我们的主流文化都是由猫们创造的。”

“我实在看不懂猫语，你能告诉我这本书讲的是什么吗？”

“《昨日猫咪》？要读懂这本书很容易的。你看——”他拿着拆阅本翻到书页末尾，“每一本书后都附了语言表，猫的语言呢只有一种字体，就是——喵，但它有两万多个音调，你只需要买本《猫语音调词典》就能翻译这本小说的内容了。比如，这一页：喵 13 喵 298 喵 90 喵 7011 喵 800 喵 5 喵 6551 喵喵。按照词典查询意思，就是：有什么东西能用来打破界限呢？对了，猫语的结尾有独特的语法规则，以单字‘喵’结尾，是陈述句，用两个‘喵’结尾是疑问句，用三个‘喵’结尾是感叹句……字典上也写有规则，你不如买一本学习一下？”

“听起来似乎很简单。”我说。

“的确如此，猫语是世界上最简单的语言，所以适用范围非常广，我们早在六百年前就将猫语定为奥塔维亚的国语了，虽然目前也有少部分其他语言并存，但是，不管是文学作品还是科学文献，猫语写作对奥塔维亚的贡献远远超出其他语言。”管理员说，“你手上的这本《昨日喵咪》讲述的就是奥塔维亚的语言革命时期的故事，一些人活在昨日的语言中，另一些人活在未来的语言中，虽然大家身处同一个世界，却在观念、情感、认知各方面难以相通——这是一个很悲伤的故事，你最好自己阅读，才能有深刻的体会。你有兴趣买一本吗？”

“确实挺吸引我。我还没有读过一只猫写的小说。”我说，“也许，我可以尝试将它翻译成我的母语。我买一本《昨日猫咪》以及《猫语音调词典》吧。”

“你当然可以。”售货员说道，“能够让其他城市的人读到《昨日猫咪》是奥塔维亚的荣幸。祝你阅读愉快。喵 90 喵 22981 喵 816 喵 56 喵 534 喵喵喵。”

未来·之三

和马基雅维利喝完茶后，我就离开了普罗科比亚。在这座城市待得越久，就越容易死亡，我不得不听从马基雅维利先生的建议，提前离开这座处于腐变中的城市。

湿热的暖流在普罗科比亚城上空飘荡，像一团瘴气，使城市中的一切事物发生霉变，书籍在其中尤其容易腐烂。那些霉菌往往在书纸上潜伏一个月甚至更长的时间，等待书本完全失去抵抗力，它们便会侵入内部，将文字个个击破。在霉菌的作用下，词语发生癌变，故事改变了内容与结局。

普罗科比亚的图书医院每天都有大量书籍死去。当书中的故事被霉菌异化，书本就会变得像稀泥一样柔软，躺在担架上，腐烂的纸浆流淌而出，再无挽回的余地。在普罗科比亚，一本书的平均寿命只有一年半，与其他城市的书籍相比，它们总在最年轻的时候死去。

这种特别的文化环境影响了普罗科比亚人的生活观念，他们对生活热爱到极致。谁也无法预测未来的无常变幻，因此他们对“此刻”尤为珍惜。如果明天就是末日，普罗科比亚人也会悠闲地喝一杯清茶，将手中的霉变图书读完，再去买些烟花、饮料，写好邀请函，坐在山顶悬崖处与亲朋好友一起欣赏末日到来时的景象。

普罗科比亚有句俗语，“死亡不是某一刻发生的事，从出生开始，我们就在告别”。在其他城市，告别的时间会更漫长，而在这里，每一天他们都在经历不同事物的死亡——书籍、水杯、酒瓶、衣服、木椅……他们一遍遍地更换新物品，直到自身也开始腐朽。

未来·之四

连续下了两周的雨，伊帕奇亚城的大小街道都涨满了水。下水道完全无法疏通。市政府无能为力，通告人们尽量往高处躲避。谁也不知道这场雨究竟什么时候停。根据气象局的预报，这是太平洋的暖流与北冰洋南下的寒流交汇而成的暴雨。也许，整个海洋都会从天上掉下来。人们这样说。

密集的云层越来越低，降雨仍然不间断，一个月后，人们已经开始习惯坐船出行，城市变成了一座云海，乌云离地面近在咫尺，坐在船上，伸手就能碰到云朵。尽管有趣，这样的行为却带有危险性，因为可能会引发小型闪电。小孩子们，便开始通过撞击云朵的方式，玩着闪电游戏。城市的白昼也如夜晚一般，还好有路灯，和这些不间断的闪电为市民照明。有一阵子，天上开始下鱼，鲟鱼、八爪鱼、秋刀鱼、飞鱼、剑鱼、鲴鱼……有一种可能，天上正在形成世界第五大洋，所幸暂时还没有鲸鱼和鲨鱼掉下来，不然随时会砸坏了一船的人。

坐船在水上乌云中穿行，伊帕奇亚人的生活完全发生了改变。整日无所事事的他们，只能靠讲故事来打发时间。雨下到第十六年的时候，人们已经理所当然地以为这是生活的常态了，最初的不适应已完全消失。他们开始接受这样的命运，并遗忘了之前的生活方式。有些行动不便的老年人偶尔怀念曾经的日子，他们在船上说起往事，就像在杜撰古老的传说。但小孩子们会说，怎么可能呢？或者干脆不听，觉得他们的讲述实在无聊，毫无逻辑。一个人直立在大地上生活，对他们来说是不可想象的。天上不下鱼，也无法想象。怎么可能有一望无际的天空呢？那样太可怕了。故事多少有虚假的成分，于是，这些所谓的故事，也便成为了年轻人嘲笑老人过时的理由。“故事是虚假的，一切未曾目睹的都是虚假的。”他们理所当然地认为，现在的生活才是最正常的。直到有一天，一群孩子正在玩闪电游戏，小型闪电噼里啪啦地响着，他们熟练地将乌云撞来撞去，空中发出轰隆隆的雷声。有个小孩突发奇想，划燃了火柴，想要烧一烧这漆黑的云朵，就在闪电到来时，火柴点燃了他面前的那团云，乌云立刻被烧得火红，一片一片蔓延到其他的云层，直到将整个天空都烧红了。

“是火烧云。”一位长者抬头观看天空，说道。

火烧云蔓延了整个云层，太阳光也透了进来，终年不断的雨就这样停止了，人们划着船，看见了曾经久违的天空。城市的模样在小孩子的眼里如此陌生，那些故事中的景象，彻底展现在他们面前，天空一望无际令孩子们感到恐惧。他们感知到水位正在下降，通过河流泄向大海。有些人已经丢弃脚下的船，重新站在地面上。不过对这群少年来说，如何在地面上走路生活，是一件困难的事情。世界好像改变了。孩子们这样说道，就像幻觉，像故事一样神奇。

不，世界从来就没有改变。长者说。

现在应该怎么办？等到水完全退去，船停在地面上时，有人发出了疑问。

老年人下了船，而大部分年轻人和小孩子仍然坐在船上，因为他们相信，这是一场自然的失常变动，过不了多久，天空又会下起雨来，他们再次嗤笑起来，认为这些下船的老人受到了故事的蛊惑。对于这场意外，不必过于担心，它并不是世界的真相。故事的作用就在于给人安慰，令人盲目地相信世界，但他们不会被欺骗。他们始终认为：明天，也许云层会继续到来。他们只需要在原地等待。

未来 · 之五

在众多文学比赛中，皮拉的抄袭文学赛算是比较独特的一个。如何通过抄袭写出一部超越原作的作品，是皮拉人始终在思考的问题。

未来的几届参赛选手中，会出现不少经典作品。博尔赫斯式的抄袭结构，即在文章后添加“此文出自《×××》”，早已成为抄袭的历史。

23 世纪一位参赛选手会选择《三国演义》作为抄袭对象，他把原文段落顺序打乱，随意标上序号，提示读者——只存在唯一一种正确的排列方式，让读者自己罗列序号复原文章。另有一位参赛者会将《红楼梦》中的某一类词汇省略，留出空隙，读者阅读时自行添加或者直接跳过，形成一种新的阅读体验。一位参赛者，会将《西游记》中“孙悟空”的名字改成“林黛玉”，使得两部作品完成了一次互文艺术，还有一位选手会将《水浒传》中关于宋江的部分完全删除，并声称，这绝对是一部新的小说。这四位抄袭者，创作了新千年的“四大名著”。

25 世纪，一位名叫考皮拉的选手，把原文所有词汇都写成反义词，以极度扭曲的语言达到一种陌生化效果，要想读懂文章，必须在脑海中把文中的每一个词汇与它们的反义词相连接，这样，虽然读者读的是“反义词组”结合的文章，脑中想象的却是原文的句子。还有一位选手选择提交一部全文空白的书，他声称自己抄袭了《项狄传》中的一部分，且将那唯一的一篇空白续写成了一整部史诗。最特别的一位选手叫作赵康出，他写出了一部世上从未出现过的作品《→》，却宣称这是一部抄袭之作。“我在抄袭自己。”他说，“这部作品本该在十年后出现，现在，我提前将它抄袭出来了。”正因如此，我们提前了四百年就知道他必将抄袭自我。

收集者·七

苹果、香蕉、西瓜、葡萄、橘子、柠檬、甘蔗、石榴、芭乐、榴莲、山竹、草莓、蓝莓、树莓、蔓越莓、木瓜、哈密瓜、甜瓜、芭蕉、菠萝、菠萝蜜、提子、桑椹、樱桃、杨梅、杨桃、火参果、莲雾、杧果、猕猴桃、柚子、百香果、无花果、牛油果、山楂、枣、番石榴、雪莲、覆盆子、释迦果、桃、荔枝、桂圆、枇杷、红毛丹、火龙果、梨子、李子、杏子、椰子、人参果、沙果、梅子、金橘、醋栗、柿子、番茄、蛇皮果、海巴戟、桄榔、海椰子、面包果、龟背竹、冷刹、灯笼果、神秘果、人心果、木奶果、乌桐子、蛇莓、沙棘、地瓜、木鳖果、八月炸、鬼指头、奶瓜瓜、布福娜、钙果、金光果、嘉宝果、可可果、佩吉果……

收集水果的男人为拉班·扫马准备了丰盛的晚宴，

问了他许多问题，拉班·扫马回答不了任何一个问题，他在思考，无限是什么？

无限·之一

故事的另一个版本如下：

古希腊哲学家赫拉克利特某日在埃乌多西亚读到一本不断增长的书。只要读完一页，它就会自动增加一页，读完两页，又会增多两页。当他将整本书读完，就出现了一本完整的续集。赫拉克利特夜以继日地阅读，始终无法将此书读到尽头。后来，他想，只有让书消失，他才不会受到它的牵绕。于是他将书丢进火堆里，可它无论如何也烧不尽——每烧完一张纸，就会有新的纸张产生。火堆熊熊燃烧，赫拉克利特于绝望中感叹道：世界是一团永恒燃烧的活火！

这个故事后来流传于整个古希腊，再传遍了世界。

赫拉克利特已经死去多年了，至于那团火呢，由于它烧得越来越大，越来越猛烈，人们便将它送到了太空，使地球围绕着它旋转。有些人，按照书名给无尽火焰取了一个亲切的名字，叫作“太阳”。

无限·之二

曾经，一场地震毫无预兆地来临，短短几秒内，阿格劳拉变成一片废墟。许多人来不及逃亡，就被倾泻的巨石粉碎了身体。那些被视作城市荣耀的雕像、彩色琉璃瓦、坚固的混凝土、无数透明纯净的玻璃，都成为自然行凶的利器。人们根本没有时间告别，他们眼看着彼此从一个完整的形体崩溃为泥土与血肉的混合物。前一秒钟，有一些人还在声嘶力竭地争吵着，为昨日犯下的过错忏悔，为明天的旅行收拾行李，一些人唱着送别的歌谣，有人心怀哀愁仰望天空，一个自杀者站在阿格劳拉最高的鼓楼上，几个小学生欢快地从他的楼下经过，追赶风中的白色蝴蝶……总之，一秒钟前，阿格劳拉的一切事物都稳定地运行着，没有谁会预料到这场无缘无故的地震，它就这样发生了，决绝地无情地降临——事物从此发生改变，一切坚固的都已烟消云散！在此之前，“一切”具有准确的意义，然而，地震在改变物理世界的同时，也改变了语言符号间的关系。词语受到不同力量的撕裂，变得断臂残缺，那些存在于词语中的精确含义也瞬间瓦解，词语成为模糊不清的碎片，原始的组合链条也彻底断裂，阿格劳拉变得一片狼藉。

那位名字仅剩一个“又”字的女人，从破碎的瓦片上捡起她丈夫的眼珠，她的名字与记忆已经损失了大部分，但她还记得丈夫的模样。她亲吻着这颗完美的带着红色血痕的眼珠，这颗曾经与她对视、每日每夜在她身旁欣赏她的眼珠，它曾对她微笑，对她流泪——她确定这就是她丈夫的一部分，因为只有他的眼睛会如此明亮，她悲伤地将它放进嘴里吞了下去，只有这样，他们才会以另一种形式继续陪伴。她不断哭泣，右手擦拭眼泪，回忆那些仅存的稀少的记忆，无论如何她不能继续失去了，如果那些看得见的事物能够重新找到，能够修补成最初的形状，那么看不见的东西又该怎样寻找呢？既然地震引发了记忆链条的断裂，语言受到摧毁，情感扭作一团无用的废品，究竟该用什么办法使它们还原？她俯下身，捧起地上的词语碎片，一些词语分化成文字，文字又分散成了部首，纟、豸、中、忄、彳，以及许多如细沙的小点聚集在她手上。这些小点，也许是“心”的一部分，也许是“空”的那几笔，但现在，它们只是一些没有重量的沙子，一缕轻风就能将它们吹散天涯。她小心翼翼地将它们贴近胸口，“一都切是吗注定的？”她想，她必须要找到原有的表达方式，她要恢复词语原本准确的定义，然后重新开始交流，从语言中寻找到她的名字、她的记忆，以及与她丈夫相关的一切，她必须找到！

在阿格劳拉的每个角落，人们都能看见她挖掘废墟寻找碎片的身影。她时常穿着一件灰色的带有漏洞的大衣，肩上背着一个黑色布包。她翻越瓦砾，跨过水渠，仔细搜寻地面上的文字。有几天阿格劳拉连续下了几场大雨，文字浸在水里难以察觉，还有一些湿漉漉地贴在墙上。她抚摸过每一棵树上的每一片叶子，也仔细侦查了阿格劳拉的动物毛发间是否隐藏着文字碎片。白天的时候，她就在各地寻找，到了晚上，她便在月光下将背包里的碎片轻轻抖落出来，一个一个拼贴，有时候几晚上都无法拼出一个字。她有很多字都已忘记，还有许多字不曾认识。寻找与拼贴，没有哪一件事比另一件更容易，可她依然不舍昼夜地进行这项不确定的使命。有一天午后，她坐在墙角休息，阿格劳拉城的建筑正在被修缮，建筑工人和她坐在一起乘凉，一个男人问她在寻找什么。她肯定地说道："语言。"

"语寻找言需要？"那个建筑工人问。

"当然需要。"她说，"语言需要寻找。这才是正确的表达方式。"她还教会了建筑工人其他的正确表述，比如"现在天气很热""阿格劳拉一定会变得和以前一样美丽""时间在发展，故事在循环""你应该学会爱"……总之，只要她想起一点，就会告诉这个建筑工人。她说："就像你在修房子一样，我在修补语言。"

许多个月过去了，阿格劳拉被堵塞的池塘重新恢复了原本清洁的模样，各条水渠也都已疏通完毕，佛学院受损不太严重，因而是最先竣工的建筑。至于阿格劳拉的校舍，则还需很长时间修建，但比起地震发生之时，阿格劳拉现在初具了城市的模样。人们在修建城市的同时，也在修建各种看不见的事物。从“又”开始，到那个每日与她闲聊的建筑工人，再到其他建筑工人，乃至整座城市存活的居民……他们都在修补被地震损毁的语言和记忆。越来越多的人开始加入她，跟随她的步伐在城市里寻找破裂的文字：一个文字碎片，一个失落的词语，一句隐藏的话语……一年，两年，三年，阿格劳拉的语言开始完善，正确的表达方式在人群中不断传开，他们终于能够进行无碍的交流。为了让更多的人学习，他们编辑了《阿格劳拉震后词典》，整理出不同词语的意义，注音、组词、造句……可是，那场巨大的地震所带来的灾难并不会如此容易修补，人们虽然将文字重新拼贴出来，其原始的意义却再也无法精准地复原。一个字一个词往往具有多种意思，人们无法准确定义快乐，也无法准确定义悲伤，“准确”早已被摧毁了。人们只能借助其他意义相近的词语互相解释彼此。“悲伤就是一种离别时的情绪。”一个市民说道，“悲伤是我看到天空变暗时的那种心情。”“每当我想起再也见不到所爱的人，悲伤就会来到我的心里。”……

“也许我们可以在生活中体验这些词语。我们所体验的集合就是这些词语的含义。”她说，“虽然目前看来，意义仍然是一种看不见的模糊之物。”正如她所说的那样，人们从生活中找到了解释词语的方式，玻璃、牛奶、天空、窗帘逐渐变得清晰，可是，仍有许多词语无法被描述。他们生活着，追赶着，构建着，用十年二十年甚至更多的时间去体会词语。既然他们已经遗忘了爱与恨、悲伤与同情的准确含义，便只好一次次地去体验，有些人甚至将一生的时间都花费在追寻意义的旅途上……

追寻生命的意义，追寻遗失的意义，追寻离别的意义……她消耗了大半时光，看见阿格劳拉从废墟变成一座崭新的城市，许多修建者都已死去，又有人不断新生。她曾经是这座城市的复原力量之一，而今她却佝偻蹒跚地在坚硬的大地上前行，她虽然寻找到了语言的正确表达方式，却始终没有找到自己的名字，她只记得自己的名字里有一个“又”字，多年来，她时常猜想，曾经的她究竟有着怎样美丽的名字呢？关于她的记忆，也没有随着语言复原，她的记忆长出了疤痕，紧紧地维护着这些少得可怜的记忆片段；至于她的丈夫，她仍然只记得他的模样，他二十九岁的样子，他二十九岁明亮的眼睛和浅浅的笑。

“你说的爱究竟是什么？”她坐在公园的椅子上，听见背后传来两个年轻人的声音。

“我不知道，我从来没有体会过爱。爱情，并不存在我的周围。”

“你在想念谁？”

“你害怕死亡吗？”

"不要问了，我真的不知道爱是什么。"

"……"

她看见天空中的云朵正在变形，好像十几年前的那个夏天她所见的云朵。那时候，她在一棵梧桐树下捡到了分成两半的"爱"的碎片，她立刻将它拼好，把它举到头顶，看见天空中她所怀念的丈夫的模样，她以为复原了爱的碎片便能恢复与丈夫有关的记忆，但她什么都没能记起，曾经的故事早已化成灰烬，像那场地震一样，一去不复返。她绝望地躺在大地上，看见梧桐树叶被风吹起，她体会到了一种难以言表的痛苦，她很想哭却哭不出来，只好用手疯狂地拉扯着黑色的头发，但一点也不疼，她的心里好像有一堵倒坍的墙，安静地在腐烂。

现在，她坐在这里，听着两个年轻人谈论被她修补完整的死亡与爱情。她想，她不可能再拥有更多的东西了，同时她也不可能再失去什么了。

无限·之三

处于时空贸易线上的埃乌特罗比亚拥有来自世界各国以及世界之外的小说货币。在这座城市购买物品，只需向收银员讲述一个令其满意的故事，价格低廉的物品所需要的故事内容相对简单，“昨天我路过奥塔维亚，看见一个女人站在门口哭泣，她的小儿子在河中溺水身亡”，即可兑换一瓶牛奶、一个橘子和两颗太空椒。若是想要购买一匹马或者一只牦牛，你得提供更为精妙的故事。“很久很久以前，有一位白雪公主……”“从前，有个和尚……”在故事的转换中，你获得了牛肉、香水、奶酪和一堆坚果。

于是你会看到，人们不断通过述说去换取他们想要的物品，当他们将自身经验使用完毕，就会编造更为离奇的事迹。收银员如同上帝一样，听这些人如何恋爱，如何谋杀一个少女，听他们谈论远方的天气，食物味道如何，谋杀犯藏在某个角落。他们听得越多，就越对普通的故事不感兴趣。有时候，一位客人只讲述了开头，收银员就能根据经验知道故事结尾如何。

“从前，有个白雪公主……”

“这个故事已经没有价值了，连一根棒棒糖都买不到。”

“很久以前，有一个灰姑娘……”

“这个故事，也只能换一颗泡泡糖。”

“有一天，乌龟和兔子决定赛跑……”

“够了先生，你到底有没有故事啊，没有的话，请离开。后面的人还要购物呢。”如你所见，这类被讲述了千百遍的故事便失效了,势必导致购买一件小物品往往需要更丰富的故事。

埃乌特罗比亚时常处于“小说通货膨胀”的危机中，新的故事需要不断制造出来，然而还是供不应求，为了缓解通货膨胀带给消费者的压力，“收银员”的职位不得不周期性地更换人群，埃乌特罗比亚的通货膨胀也随之轮流发生着，尽管他们之中大多数人只是在重复上一个轮回的故事，也在重复上一轮的生活。但他们还是会在某一天，听到一个顾客走上前来说“很久以前，有个灰姑娘……”。收银员望着客人，他们对视了一下，认出了对方，曾经的收银员变成了购物者，曾经的购物者变成了收银员。在同一个地点，两人互换了位置。

“好啦。”收银员说，“这个故事，很久以前我已经讲过了。但我觉得它价值百万，你可以拿走更多的东西，荔枝、棉被、水壶、巧克力，还有什么你需要的吗？”

她摇摇头，带走了一朵玫瑰。

无限·之四

垃圾车将书籍运送到麦拉尔迪那，它们被分为不可回收垃圾、湿垃圾与有害垃圾，这些书籍焚烧后会产生毒气，埋藏后又会污染土地，造成土壤盐碱化、水土流失等一系列环境问题。更致命的是，书中的有害文字会产生辐射，麦拉尔迪那城已经有许多人因此身患癌症，他们不得不逃离故乡，迁徙别处。

究竟这些书籍为何会被产生出来，以及为何选择麦拉尔迪那城作为它们的坟墓，没有人知道。反正不是它们被生产出来，就是别的废物被生产；不是麦拉尔迪那城，就有其他某一座成为遗弃之地。

无限·之五

“写作吧。”“为谁写作？”“为那已死去的，为那你曾经爱过的。”“他们会读我的书吗？”“不会！”

——[丹麦]克尔凯郭尔《恐惧与战栗》

“有时候，我以为我永远不会离开道拉多雷斯大街了，一旦写下这句话，它对于我来说就如同永恒的谶语。”

——[葡萄牙]费尔南多·佩索阿《惶然录》

在贝尔萨贝阿，有很多事情都无须考虑：乘坐几点钟的电车去上班、修护被石块砸碎的窗玻璃、购买每日所需的食物、充值上月度欠下的话费……诸如此类的琐事在这座城市都变得毫无意义。贝尔萨贝阿是一座无所事事的城市，这里没有学校，没有工厂，没有医院和大型商店，除了由少数几个有责任心的社恐患者组建的临时政府，几乎没有任何其他集体性的机构存在。不必担心这座城市的居民如何生存，在贝尔萨贝阿的城市上空，另有一座贝尔萨贝阿，城里一切的生活物资皆由它提供；而在地下，也有一座贝尔萨贝阿，那里包容了地上城市排放的所有垃圾，以及他们死后的躯体。

地上城市贝尔萨贝阿的居民整日没有什么事可做，他们都有一个共同称号：社交恐惧症患者。每年有大量其他城市的社恐者移居此地，造成贝尔萨贝阿人口急剧增长，也连续百年成为世界上人口最多的城市，是排名第二的克拉莉切城的七倍。“天堂就是贝尔萨贝阿的模样。”斯赫尔博曾在一本书里写道。的确如此，在这里，人们根本不用工作，不用费尽心思结交朋友，不必时常现身公众场合，如果不想说话，保持沉默一年也是常有的事。

贝尔萨贝阿有一套自身的话语体系——其实任何城市都有自身的话语体系，只有读懂它们，才算真正深入了解了某座城市。贝尔萨贝阿有一项规定：强迫他人说话等于犯罪。其实这项不那么正式的法律根本没有存在的必要，因为从古至今，从来没有人强迫他人交流过。这项法律显然是写给外来者看的。贝尔萨贝阿的居民才不会做那么无聊的傻事，他们既不会像某些城市那样拉起横幅大肆宣扬自己的观点，也不会费力写篇檄文讨伐某些人的不正义行为。对他们来说，自身以外的一切事件都无意义。要是真遇到了“强迫交流犯”，他们也不会拿出法律的武器惩罚这些人。“若是他反对这项法律怎么办？”“若是他继续说下去怎么办？”“若是他对我拳脚相加紧紧相逼怎么办？”“算了，不理他了。”于是，贝尔萨贝阿居民践行了“走自己的路，让别人说去吧”的原则，就是这样，这项律法目前未制裁过任何人，人们都觉得多一事不如少一事。

可是，这座由多数社恐者和少量外来旅游人员组合的城市并非我们想象的那般死气沉沉。在河畔，在咖啡厅，在小区楼下的花园里，总还是会有人说话的。

“我是猫，还没有名字。你问我是哪儿出生的，那哪能记得？”

“今天早上，水龙头不再向外滴水。”

……

他们的交谈，始终在自身的话语体系中进行。如果遇到一个陌生人向你打招呼——“我不养羊，可我似乎养过。”这句话有三种含义，一种意思是其本意，第二种意思是佩索阿的诗意，第三种意思是：今天天气真好！

你同样可以用很多种方式回复他：1.“透过围栏，从缠绕的花的间隙，我能看到他们在打球。”——直接回复，意思是：是啊，天气确实不错。直接回复的作用仅用于肯定对方所说的内容。

2.“昭和四十三年十月二十一日，国际反战日，大街小巷都在谈论新左翼系学生们闹事的事。”——婉转回复，意思是：天气的确很好，但我还有事，不必再说了。婉转回复的作用在于婉转地拒绝与人交流，而又不会伤害到他人。

3.“达洛维夫人说她自己去买花。”——间接回复，意思是：达洛维夫人去买花了，天气自然很不错。间接回复的作用是通过第三人称的视角描述客观事实，从而肯定对方所说的内容，需要与直接回复区别开来，直接回复采用的视角是第一人称。

4.“过养乎似我可，羊养不我。”——倒装回复，没有意义，倒装回复用于自己不知道说什么，但又觉得不说话会使对方感到尴尬的情况。这样对方也会停止交流，使双方都不会尴尬。

5.“蛤蟆不时地跳一下，只为证明自己的绝对静态。”——故事回复，意义为其本意。故事回复即回复相近或相似的内容，使说话双方的语言最终能够组合成一个新故事，这需要两者都具有极高的文学素养。

6.“我的灵魂就像一个牧羊人。”——连接回复，其意义为诗句本意，无附加意。连接回复是一种最简单的、常用的、完整的交流方式。对话双方能够直接交流一首诗或一本书。若你用这种方式回复，你们便可顺利有序地交流了。

“它熟悉风和太阳，和季节牵手举步前行，跟随并观看。”对方会说。

“大自然空寂无人的所有宁静来到我身旁坐定。”你说。

“而我时常感到悲伤，如同夕阳落入想象，当它在平原的尽头变冷，你感到夜的来临，就像一只蝴蝶穿过窗口。”对方说。

“但是我的悲伤很平静，因为它自然而正当……”

……直到你们将《我从不曾养羊》这首诗交流完毕，你们的对话也就完成了。不管你们是否相识，这都是一场愉快的而又不会泄露任何痕迹的交流会。

除了以上六种回复方式，还有一些不太常见的形式：变形回复、固定回复、顺时针回复、逆时针回复、洛必达回复、卡夫卡回复……如果不打算长期居住在贝尔萨贝阿，则无必要学习这些技巧。我初次来到这里时，就将这些话语规则弄得乱作一团，但只要习惯了便会觉得这些对话方式非常简单，毫不夸张地说，在贝尔萨贝阿，回复他人说话是最简单的一件事——不论你说什么都是对的！也正如此，贝尔萨贝阿才能成为社交恐惧者的天堂吧。人民热衷于交流《哈姆雷特》《局外人》《喧哗与骚动》《元素周期表》……给我一种置身于文学圣地的感觉。从语言交流方式上来说，把贝尔萨贝阿称作文学圣地也没有什么错，书籍是他们用来对抗时间、对抗无聊、对抗恐惧的解药。难以想象，若是没有书籍，贝尔萨贝阿会发展成什么奇怪的形状。

我喜欢贝尔萨贝阿，在它的身体中游历数日，我很想寻找一部该城特有的小说——这很难，因为这里人人都在写书。社恐症给了他们充分的时间去思考和写作。每年，贝尔萨贝阿出版的书比世上其他城市出版书籍的总和还要多，这里简直是一所天然的图书馆。斯赫尔博的镜面人——博尔赫斯也曾到访此地，于是他写出了“天堂就是图书馆的模样”。有趣的巧合是，“图书馆”这个词在贝尔萨贝阿的话语体系里正是“贝尔萨贝阿”的意思!

“图书馆”时刻在容纳各种灵魂，不论它们喧嚣与沉默。在它体内闲逛，只要融入它特有的话语系统，就不会觉得自己是个外来者，而会成为它广泛的其中之一。我越来越喜欢贝尔萨贝阿，不仅是它特有的交流方式，还归因于它独特的建筑。贝尔萨贝阿的大街上，每隔十米就有一间隐藏室，不同街道的隐藏室有不同的建筑风格，尽管它们的外表各异，室内却都备好了生活必需品、食物与经典书籍。当你在街上行走，一旦感到恐惧、害怕见到他人，便可进入其中待上一段时间。隐藏室里所有的开销都是免费的，里面的食物能够维持一个成年人一周的生活所需。最重要的是，有各种书籍可读。贝尔萨贝阿的每个隐藏室都有自己的名字，它们来源于不同的书名：金阁寺、双城记、人间食粮、傅科摆、堕落、单向街……我在名为“长夜”的隐藏室里休息了三天，读完几本阿加莎·克里斯蒂的推理小说，享用室内备好的葡萄吐司面包，还有三瓶苦艾酒，生活实在惬意。我曾读到一份当地的报纸，几位社恐者因害怕见到陌生人，在隐藏室待了一个月，被人发现时尸体已经发臭了。我自然不想死在这里，我还不至于社恐到那种程度，另外，我还得继续游历下一个城市，去收集各地小说。我打开“长夜”的门，正是白天，天气不错，贝尔萨贝阿的空气里都是知识的味道。

一个装在套子里的人突然走到我面前，他全身裹得紧紧的，我看不清他的脸。

“写作吧。”他说。

“为谁写作？”我使用“连接回复”的方式问道。

“为那已死去的，为那你曾经爱过的。”他说。

“他们会读我的书吗？”我问。

“是的，他们会在后代人中重现。”说罢，他走进“长夜”，关上了隐藏室的门。

收集者

·

八

这时候，一只老虎出现在了拉班·扫马面前，询问他从何处来，要到何处去。

拉班·扫马说，从故国来，往前方去。

老虎问道："行者，曾经也有人像你一样西行，你也是为了求取真经吗？我这儿有：《首楞严经》三十卷，《恩意经大集》四十卷，《决定经》四十卷，《宝藏经》二十卷，《华严经》八十一卷，《礼真如经》三十卷，只需要一些食物就能换得。"拉班·扫马将口粮赠予老虎，正准备坐定阅读："如是我闻：一时，佛在摩竭提国阿兰若法菩提场中，始成正觉。"[1] 只见老虎从尾巴处撕开拉链，一头熊从里面爬了出来，熊拉开拉链，一只狗从

1 《华严经》

里面爬了出来，狗拉开拉链，一个男人一丝不挂地从里面爬了出来："谢谢行者。"拉班·扫马大惊，问男人为何如此，男人一边吃着馒头，一边告诫："别再往前走了，那里的世界，已是非人的世界，只能以畜牲的形态才能苟且偷生。"吃完，男人披上虎皮，继续向远方跑去。

过了一会儿，拉班·扫马正要起身收拾，发现手中经卷皆变作废石。原来是障眼法，我早就应该看出来的。拉班·扫马心想，现在应该往哪边走呢？西边，南边，北边？他准备向天空扔出手中的石头，看石头落在哪里就朝向那方前进。结果石头一直飞向云端，再也没有落到地上。

这个世界的引力发生了改变，人类已经无法适应了，拉班·扫马心想，也许，世界会回到最初那一刻，时间倒退，一切都会回到起点。总之，正常的世界已不复存在，人将以非人的形状苟活。

也许我会变成石头呢！拉班·扫马这样想着，漫无目的地走远了。我的朋友也会变成石头。我们是坚硬的石头，将天空砸出一个黑洞。

迷乱·之一

如果早点来到这里，会发现一切景象都与眼前不一样。人们存在的时候，城市面貌还不会迅速发生改变。一旦他们消失，没有人再为城市粉饰，我只能看见一个悲伤的阿德尔玛城[1]，它像身患绝症的老者，肉身溃烂，奄奄一息。

即便如此，提到阿德尔玛的辉煌历史，依然会使许多外城人惊叹不已。阿德尔玛是世界上唯一一个用书建立起来的城市。小说是用来修筑城市的特殊材料，这里的每一本书都叫作《小说》，虽然它们的作者和故事内容并不相同。讲述象限杀人魔术的推理故事被称为《小说》，讲述索多玛城的虐恋秘闻也被称作《小说》，书籍在这里失去了自己的名字，它们归属于同一种类。一本本《小说》重叠、交叉组合，搭建成房屋、密室，搭成酒窖、圆柱形的碉楼。蓝色与白色封面的《小说》用来铺

1 阿德尔玛是一座由互文性理论构建的城市，文中将互文性理论进行了变异，不等于原有的理论。

成阿德尔玛滨江沿岸的道路，主城区的建筑则多使用暖色调封面，黑色封面的《小说》主要用来修建公共厕所。至于中心花园，各种颜色的《小说》都能在那里找到。

穿梭于阿德尔玛城，可随意从路旁拾起一本《小说》，坐在墙角阅读。如果喜欢它，将它带走也无妨，阿德尔玛最不缺的就是小说。生活于此，阅读是一件极其简单的事，同时也是一件困难的事。由于它们只有一个名字，要从成千上万本《小说》中挑选一本感兴趣的书绝非易事。有时候，一连翻阅几个月都无法找到一本满意的作品。走遍古代大街、西方大街和中古街，若没有鉴别能力，很难发现混杂在《小说》中的经典。对外城人来说，阿德尔玛城为书籍命名的方法简直不可理喻，甚至毫无用处。但他们这样做自有其中的道理，曾经有人评价道：阿德尔玛是世界上离小说最近的地方。这句话指出了阿德尔玛建城的核心理念：接近小说，发现隐藏于小说文本中的秘密。

对他们而言，单一的小说文本（x）不能被称为小说（X），它们只是故事（g）组合成的不同形态。小说（X）是一个整体概念，无法被拆分成独立的故事。单一的小说文本（x）的具体表现就是一本本呈现出来的书籍，其中的内容则是一个个有组织结构的故事（g）。为了使小说文本（x）揭示出小说（X）的理念，阿德尔玛人便将所有小说（x）命名为《小说》。它们纵横交错地连接起来，故事与故事之间有了多重线索的发展结构，借助克里斯蒂娃的互文性理论——“任何作品的文本都像许多行文的镶嵌品那样构成的，任何文本都是其他文本的吸收和转化”——那些文本间的重复部分成为粘结剂，有效地将不同《小说》粘连起来，彼此间搭成坚固的桥梁，从一本《小说》阅读到另一本《小说》便有了密切的通道。但所有《小说》究竟是按照有限的圆形形态还是无限的直线形态发展呢？无限的直线形态指的是小说文本中始终存在着其他任何文本都没有的那部分，它随着小说文本（x）的增加而增加，没有尽头。因此，只要那部分无限存在，人类就不可能发现小说（X）的理念。这种假设没有得到阿德尔玛文学家的认可，他们认为，小说文本（x）始终处于一个封闭的圆里，而这个圆就是小说（X）最终的表现形式，只要我们将所有《小说》按照互文性理论连接起来，重复的部分拼贴重复的部分，一本《小说》就像树干那样连接它的旁支，旁支又作为主体继续与其他《小说》中的重复部分相连，每本《小说》既不可能是枝干的起点也不可能是枝干的终点，它们势必有着产生互文性的部分。最终，所有《小说》会呈现出一个循环密闭的整体。［这种假设建立在一个小说文本至少有两个部分能与其他小说文本产生互文性联系，至于那些没有被发现的部分，仅仅在于人们还没有将其创作出来，只要时间足够，小说文本（x）最终会创作完全，从而使小说（X）理念的圆呈现出来。］阿德尔玛城正是在这种思想下由书籍构建出来了，可它并非一个完整的圆，准确地说，它与圆毫无关系。阿德尔玛人构建了几千年的城市没有按照他们预期的方向发展，人们开始怀疑小说理念是否真实存在。

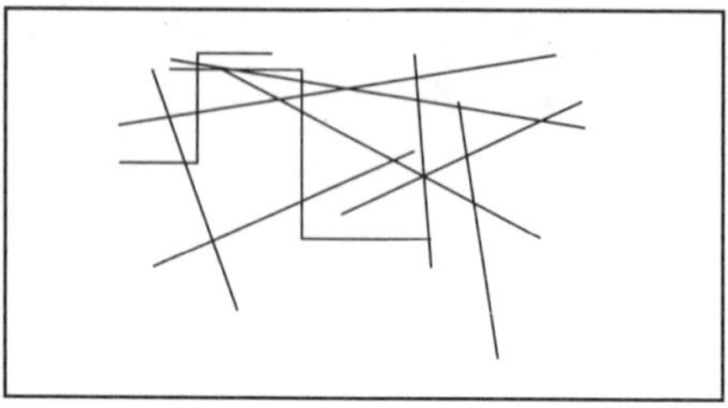

由小说文本组成的阿德尔玛城，其中线段表示小说文本，各个文本相连的点则是互文的部分。

在理想无法实现的绝望中，阿德尔玛成了一座被世人嘲讽的城市，他们历经几千年建造一座无用之城，一代代人的生命消耗其中，“意义之无”的感伤情绪笼罩着每个人，人们不可能继续浪费几千年的时间以寻求一个不确定的结果。时间太漫长，理念也太遥远。越来越多的人选择离开这座不规则的城市，他们抛弃那些引以为傲的《小说》，为了不被人察觉，他们隐瞒自己的真实身份在世界各地生存，不再回到阿德尔玛。而现在，呈现在我眼前的是一座沉默多年的空城。

阿德尔玛，曾经象征着智慧的城市，如今荆棘满地。那些用来构建城市的书籍逐渐脱落，从书本里长出野草，长出梧桐树和铁杉，长出青苔，爬山虎覆盖着书屋，一些书墙正在倒坍，整座城市像个巨大的废纸坟墓，这些纸上的文字慢慢发芽，借着雨水成为阿德尔玛的新主人。一切都发生了变化。

我走过中古街，道路泥泞湿软，若不注意似乎会深陷腐烂的书墓里。那些向阳面的墙上，书页被暴晒得十分脆薄，轻轻一碰就化成碎片，也有一些纸张侥幸逃过自然的惩罚，它们偶尔飘在风里，偶尔躲在墙角。我伸手抓住一张飞在天空的书页，上面只写了一句话：洛特雷阿蒙，死于 1870 年，死因未知。不含任何感情的叙述。在这些书页里，究竟埋藏着多少人的一生，他们的生活变成一页纸、一句话，最终也在时间中摧毁、消失。

如果那些人没有离开这里，阿德尔玛会变成什么模样呢？会是一个完整的圆吗？或者其他的形状，像一棵树？像一本书？还是另有其他？我在阿德尔玛悲伤得想要哭泣，看见太阳照在大地上，温暖地腐蚀每个文字，阿德尔玛城正在瓦解，连同它的历史一起被掩埋。

我想，如果上帝真实存在，它是否正在翻阅阿德尔玛这座文本城市呢？还是说，它也像这里的居民一样，早已抛弃了这废墟之地。“阿德尔玛，你存在的意义究竟是什么？”我在心里询问它，自然不可能得到回答，可在我转身背向太阳的那一刻，我的心里产生了另一个疑问，“拉班 · 扫马，你存在的意义究竟是什么？”

迷乱·之二

晚宴上，一位少女将她写的诗朗诵给众人听，音调和谐优美，但我不能懂得奥利维亚语。在宴会结束后，少女向我解释了她所写的内容。

Elesookolo[1]

O[2] s[3] △[4] merlw[5] de[6] s okww[7] qsdele[8] xx xc xz[9] ！ -0l[10] 7*t*[11]

zr[12] #[13]

uiop[14] nibre[15] de dertg[16] *kouyiertsnwgs* +n[17]

---

1 爱乐章。奇纳人将诗歌分为三大类：喜乐章 REI o kolo 悲乐章 Dolio kolo 和爱乐章 Elesookolo。

2 O：我，通常指虚构的我，与现实中的我“Oo”没有关联，O 是绝对意义上的虚构之物。

3 S：单用 S，表所属，专指无生命的物体。

4 三角形的建筑物，宫殿、房子等。

5 颜色，夏季落日余晖般的红色，带着江水蒸腾时的迷蒙雾气。

6 马蹄声。

7 头长犄角的灵马，出自《奇纳神话》：艾尔都人包围了天空城市，灵马从海上奔来，携带“光的碎片”，帮助天空城市的人民战胜艾尔都人，光的碎片最大的一块变成了太阳，其余碎片成为月亮和星星。

8 像北国人的蓝色瞳孔一样的眼睛。

9 xx 通常指流水的声音，xc 通常指夜晚的风吹声，xz 通常指叶片掉落在地上的声音，这里三个词连用，用来修饰灵马的呼吸声，属于“借声”用法。

10 缓慢，不骄不躁。

11 指时间，在奇纳语境中，一天分为十个部分(t)，7t 相当于下午五六点钟。

12 凝视，主体与客体两方的凝视。

13 停顿语气，可做形容词，用来修饰一小段沉默的时间。

14 四月末。

15 疲惫、劳累，尤其指长途跋涉后汗水淋漓的疲惫状态。

16 冰块破裂时发出的声音。这里指灵马抖落身上的货物时的响声。

17 *Kouyiertsnwgs* 是一本奇纳古代的爱情诗歌集，落入牢狱中的 p-q-e-d 写给他的情人 J，据研究者推测，J 可能是当时的隐术门人 JQ。“+n”表示这本诗集已经被灵马传阅给了无数时代的人。

*w[1] xbjgde[2]t[3] Ww[4] Yfjh[5] Hxsh[6] kaha[7]uhsbnb[8]

xjiqy[9]

di[10] jdw[11] yeros[12] dgh[13]

·[14]s dnb[15] gzf6[16]

3293[17] xsnb[18] 73[19] nxsall=[20] –[21]

---

1 发语词，表示喘气声。
2 陌生人，可能是真实的人也可能是神明。
3 介词，表情感上的传递。
4 水波或云层。“像水波一样的云层”与“像云层一样的水波”，需在具体的语境中加以判断。
5 远方，永远不能抵达的地方，如天堂、地狱、虚空等。
6 蒜薹，奇纳人恋爱时会互赠蒜薹示爱，蒜薹有甜蜜、永恒与喜悦的意义。
7 Ka、ha 分开用，指异国歌声。Kaha 连用表示本国的歌声。
8 蜻蜓死亡从天而坠的影像。
9 触碰、翻阅。
10 与名词有关的事物，按照 di 后所跟的名词翻译，“与……有关”。
11 鸟的羽毛，这里指鸟的羽毛做成的书。
12 植物，代指一切植物。
13 覆盖、包含、隐藏，也有显露与揭露的意思。
14 ·用在文中，不具有确定的意义，它是宇宙本初的象征，常常用来为行文增添“宇宙”的背景，如同黑暗中的原子、星辰、万物之一，不必翻译，尽管它在内容上与文章无关，却能附加某种孤独的意义。
15 旋涡、旋转，既指实体的旋转之状，又代表情感、歌声的曲折、回环、婉转等状态。
16 gzf6 号星体，北方天空最亮的一颗星星。
17 3293 个使者，暗示多数人。
18 讲述，陈述。
19 第 73 页故事。
20 nxsall=，这是奇纳寓言的总称，第 73 页中的寓言为《偷盗之人》。一个小偷偷走神女的衣服， 后来发现这件衣服原来是大地之河，世上的河水干涸，为了挽回错误，小偷将衣服还给了神女，河流重回人间，神女惩罚小偷，遂将他变成鲤鱼，守护世间的河流。
21 之。

s ’ ;\][1] [[2] hgyabq2[3] u820[4]

smn[5] 342541320sa[6] , .[7] Zzc[8] bn[9] 3lfr[10] 5/’ d[11]

Eoks[12] %&*[13] &9[14] msh[15] AA[16] @#%$[17] 5I7E[18] 76W[19]

ENDB[20]

O −1=[21] · 回[22] {W 、[23]

---

1 奇异的景象，奇怪的场景，多指虚幻的景象。
2 着重符号，着重强调后文内容。
3 双重的迷茫。迷茫带有重量，这里是双倍重量的迷茫。
4 u820 元素符号，等同于丝绒。
5 疑问句发语词。
6 无限之数。
7 尘埃，象形词。
8 掌握。
9 秘密，指有答案有谜题的秘密，可被解释的。
10 分裂、分化，不可被肉眼观测的分裂。
11 拉开窗帘时翻起的粉尘在光线里碰撞、逃逸的样子，暗示过去的、流逝的生活。
12 爱神，奇纳神话中的爱神时常骑马游历人间，为情人们互赠书信。
13 沉默的、缄默的，“神性词”，人类的沉默用“ttto”，动物的沉默用“ksddd”。
14 未来的九月。
15 暗淡无光，没有自然的光线。
16 木桥。
17 已经消失的事物，无法再现的历史。
18 5I7E 是一块传说中的宝石，得到它就能被所有人爱慕，心生嫉妒的凡人 E 从熟睡中的爱神身边窃取了它，烧毁于炭窑中，从此世上再也没有被所有人爱慕的人，炭窑也成为失恋、无情的地方。
19 等价交换。
20 曲曲折折的道路。ENDB 原是通向天空的道路，由于被云层缠绕，十分曲折，后来演化为形容词，指像 ENDB 一样蜿蜒的路途。
21 无知的，不知道，不理解。
22 迷宫一样层层叠叠的城墙，比喻内心苦闷，无法释怀。
23 眼泪从右眼涌出的样子。右眼是未来的象征，用右眼流泪，代表对未来感到迷惘。用左眼流泪，代表对过去感到悔恨。

opopk[1]　;<89^[2]　6$%[3]　#@！　D[4]　Fxjoa[5]

Oie[6]　yyy[7]　nxmznx[8]　bchskfhoquej[9]　3dncs[10]　apdhie[11]

O Funsb[12]　csh[13]　okww 11L[14]　merl[15]

译文：

爱乐章

我的三角之宫旁，蓝瞳灵马唏嘘而至

在黄昏的水雾中与我对视

四月末疲惫的马蹄与恋歌集一同抵达

有如神明馈赠的蒜薹穿越云层，背负蜻蜓死亡之歌

羽信夹覆草叶，光芒自天空蔓延

1　猎人。由于猎人捕杀动物，在奇纳人眼中，猎人是战士的象征。
2　夏日雨季，雨水落在草地上的样子。
3　脚步声。
4　暗示。
5　悄然消失、失踪。
6　如同。
7　层层叠叠的云。
8　飘来飘去，随波逐流。
9　第二人称，你。这里的“你”是昵称，亲爱的你。一般的你用“sdfgsdfg”。
10　遗忘。
11　重要的意义，有深远的影响。
12　放弃，放下。
13　追寻。
14　方位词，在什么下面。
15　落日余晖。

使者重现神女寓言，丝绒编织幻象——虚无的重量
谁能揭示尘埃的秘密，灰烬分割昨日光影
通往未来的迷途与过去一样曲折
我不知道猎人如何从迷宫中消失，雨水为何失去踪迹
正如你遗忘了云层飘浮的意义
正如我放弃追踪一匹灵马，在落日余晖下

迷乱·之三

如何向你讲述这些美丽的墓碑呢？

在我的脚下，吉尔玛的土地绵延千里，铺满了死者的尸体，《断章》《残阳》《菊花狗》《一只老虎》……无数小说被埋葬在这里。毫无疑问，这些来自世界各地的死小说，躯体已经腐烂，墓志铭上只有简单的生平介绍，书名、作者、产生于何年何月，死于何年何月，以及几句看上去还有点价值的句子。这就是它们轻描淡写的一生，它们永远也无法出现了，它们只是残缺的废稿，被作者、被命运抛弃，灵魂尚未完整，吉尔玛的土地收留了它们，在这片宁静的城市安息。穿梭于死亡之间，读着它们生平的只言片语，我却觉得自己在读一部伟大的传记，似乎每一本书都在此刻以墓志铭对话。

“爱是存在的吗？如果我沉默，谁来回答。”

“夜晚有人清晰。孤独的人不愿睡着。”

“你站在河边说爱我的时候，下起了雨。”

……

也许在地下，有另一个世界呢？他们从未完整，却比任何一本存在的书渴望完整。而正是这种必然，使得他们能够在另一个世界相遇。

迷乱·之四

普通人难以在佐艾生存下去。身为佐艾人，每个人都想成为最强召唤师。所谓召唤师，即：佐艾人在一出生就会接受来自书籍的神力，阅读大量的书籍，吸收精华，直到二十岁，他们会选择一个作者，成为他的召唤师，其后一生精力，都将专注于这位作者的每一部作品上，并无法再从其他作者的书里获得神力。

我认识的第一个佐艾人是雨果召唤师，只要轻轻念一句咒语，他就能把自己的脸变得像卡西莫多一样丑陋，以此恐吓别人。实际上，召唤师的能力越深厚，研究越精深，他能施展的潜力越大。一位杰出的托尔斯泰召唤师（阿基）曾经召唤出了一整个兵团，占领了佐艾的一条街道——这种能力在佐艾已经是非同小可了，最终，太宰治的召唤师（sj1），将叶藏召唤了出来，叶藏散发出强大的梦魇，让这些士兵丧失了生活的欲望，全都集体自杀了。叶藏的梦魇笼罩在城市的上空，那段时间，整座城市的人都在念念有词“我不配活着”“我好想死啊”。一位少年（比牛）以及其他众多鲁迅的召唤师们，立刻挺身而出，唤醒这些沉溺于死亡幻觉的市民，“人需活着，爱才有所附丽”。然而三岛由纪夫的召唤师（x），也加入了这场混战，将沟口召唤出来，偷偷点燃了火焰，夜晚，佐艾的街道燃起了熊熊大火，乔伊斯的召唤师（。。）立刻将都柏林的大雪吹到了佐艾，雪花落在每个死者身上。马尔克斯的召唤师（马尔克），让死者变成了他们小时候的模样，从他们的尸体上爬了出来。安徒生的召唤师（沼泽王），从水中引来了美人鱼，带领这些孩子逃离佐艾。吴承恩的召唤师，将孙悟空召唤出来，孙悟空看出了那人鱼是妖精，一棒敲死了。孙悟空放眼望去，全是妖怪。J.K. 罗琳的召唤师（木），立刻将伏地魔了放出来，佐艾上空，孙悟空大战伏地魔，世界大战一触即发……

“现在，佐艾这座城市，到底发展到哪一步了？”我问。

一位歌德召唤师说，已经分辨不清楚了，前一秒，阿 Q 还在大战宫本武藏，后一秒，佐艾就被达利、梵高的双重幻境吞噬。

“你们到底要干吗？”我问。

“先生我们现在正在达利的幻境里，很危险。”他说。

“让我来破解吧。”另外一位亚里士多德召唤师说道，“给我一个支点，给我一个支点，给我一个支点。”他念着，“我看见了，原来支点在这里。我要去撬动它，幻境就能破了。”

果然，他撬动了达利幻境的支点，我们回到了现实中的佐艾。“身为召唤师，就是为了能够用自己的力量去帮助他人，而不是毁灭世界。”亚里士多德召唤师说，“这只是一个很简单的道理，但是大部分都不明白。你看见了佐艾的现状，这座城市已经失控了。没有人能拯救它。我知道它会毁灭，但是现在，我想尽可能让它存在。”

我点点头，看见一个在废墟上弹钢琴的男人，是贝多芬的召唤师，正在弹《命运交响曲》。

迷乱·之五

在我眼前的这份清抄本《山海经·海内南经》里多了一段有关瓦尔德拉达的文字。曰：瓦尔德拉达，在枭阳之北。其为人带剑，反踵逆行。

收集者

·

九

“让我们继续讨论死亡吧，亲爱的拉班·扫马。”收集记忆的伦纳德说。

“死亡已经被很多人书写过了，我实在不知道我还能对它提出什么新的见解。”拉班·扫马说。

“我预感自己即将死去，在收集记忆的某座城市，或者在河边，草原上。已经有好几个月了——自从我二十岁生日的那天起，死亡的阴影无时无刻不伴随着我。拉班·扫马，你懂得这种恐惧吗？它使我怀疑自己，我还有无数种生活未曾体验，一旦想到自己即将消失，我就战栗不已，害怕肉身变成蛆虫的食物，害怕我的名字随着身体消失，就好像根本不存在一样。”伦纳德说，“我的身体里似乎藏着一个隐形炸弹，随时随地都有可能被点燃。我太脆弱也太眷恋这令人眼花缭乱的世界了，可我现在除了生活在恐惧中，并没有真正体会到存在的意义。”

“我同样如此。”拉班·扫马说，“伦纳德，我亲爱的朋友。刻意地为生命添加某种意义或刻意地否定一切，似乎都不太正确，但是我们又能怎么办呢？我去过许多城市，读过很多奇怪的书，了解不同人的生活，但永远不会真正成为他们。我们——多么平庸又多么无能为力。现在我们正重复着无数前人的行为。你可以想象，在某个陌生的时代和陌生的城市，两个童年伙伴相遇，彼此认出对方，开始谈论与死亡有关的话题，像我们一样，一边倾诉一边寻找安慰。时间消逝，他们都已死去，我们出现了，在这里重复逝者的言行。我们什么都没有改变，我们在时间里循环，这使我感到痛苦。你问我是否懂得恐惧，我当然懂得，但使我们痛苦的死亡，并不能让我们完全理解彼此。我安慰不了你，甚至给不了你任何答案，你如何要求一个同样充满疑惑的人为你解答呢？”

拉班·扫马继续说道：“虽然我们无法逃离死亡这必然的事实，但是，在短暂的生活里，我们可以跟随那些伟大的灵魂。你知道我为什么选择成为一名小说收集者吗？因为在那些文字中间，闪耀着某些片刻光辉，它们足以使我感到永恒。我越来越觉得，死亡是种神秘的文本，无穷无尽的故事隐藏在它背后，阅读死亡比阅读刻意为之的书籍会使我们更接近文学。一年前，我重读了伍尔夫的小说和遗书，那正是迪奥米拉城炎热的夏日，读完后我在公园散步，抑郁地向池塘中投入石子，谁也不知道它们究竟会掉落在水底还是融化成水。那时候，我想起了一个文学理论：本质力量对象化——消失于水中，无法被看见的‘本质力量对象化’。后来有一天，我独自去迪奥米拉电影院观看了《时时刻刻》，我很想将电影里伍尔夫投河前的遗言再复述一遍：亲爱的伦纳德，要直面人生，永远直面人生，了解它的真谛，永远地了解，爱它的本质，然后，放弃它。

“放弃它，最终的目的。亲爱的伦纳德，我的好朋友。”拉班·扫马说。

终结·之一

1986年，我行船身经幽暗国度，在那里遇见了即将出航的导师，我们交流片刻，短暂地眺望天际线，那时海水沉静，星辰发出耀眼的光亮，将掉落于深海的时间映照成悲伤的灰宝石。一个捕鱼人跳入水中，朝时间迅速游去，他的身线渐渐变成水的纹路，越来越细，直到与大海融为一体，我们再也没有看见他浮出水面。

导师突然对我提起他正在写作的一本书，《作为文学现象的自杀》。

他说："我忽略了自杀也是文学的一部分，它是一种由生活构成的暗示，也是作家最终完成的一部没有语言的作品。我们往往能够从不同的自杀方式中读出作者的性格与文学风格。除了人类，植物与动物也有终结生命的行为。一条鱼会通过跃出水面的方式接近云朵，它们软化成云的一部分，许多鱼相聚起来，云层便会显现出鱼鳞的乌黑色泽，当云朵再也承受不了负重，它们便会坠落，化成雨水，再度返回江河，经历这一整个过程，它们才算顺利完成了自杀；除此之外，结晶体通过自动碎裂的方式终结自身，植物则互相缠绕根茎——一棵树会去寻找另一棵想死的树，它们的根系在泥土中蔓延到彼此的领域，通过绞杀，阻止对方吸取大地的营养，从而枯萎衰败，这个过程大致持续十年。死亡是漫长的事，你看见刚才那个渔人了吗？其实他是一位无名诗人，为了顺利沉没，他已练习了数百个夜晚。每天，我坐在岸上，看他打扮成国王的模样，跳入水中又浮起来，有时候，他是教士，有时候，他穿着医师的白袍，他爱将自己乔装成别人，但他总是失败，他跳入水中后，月亮的引力将他托起。他只好游上岸，若无其事地与我谈论诗歌。他说他必须找到一种与诗分离的生活方式，因此他等待着月亮远离地球的时刻，在这期间，他无数次地练习着死亡的仪式，以便在星辰布满天空的夜晚到来时一次性完成计划。”

“就是今天吗？”我问，抬头仰望满天繁星。

“就是今天夜晚。我读完了他留下的诗稿，是他启发了我，去书写一篇关于自杀的作品。我得驶船远航了，拉班·扫马，既然时间冻结在深海中，宇宙该有很长一段混乱的时期，我准备回到屈原的时代，去查看河流的秘密，在我看来，水是距离死亡最近的东西，你愿意跟我一起前行吗？”导师问。

“我还没想好。”我说，“我没有一点儿把握。”1986年的我尚未赋形完整，只是一种可能存在的假设，我还不懂得生活与死亡，却执着地爱着眼前这片混乱的世界。关于消失于海中的那位诗人，他的离去并未给我造成太大的困扰，我也没有做过多的设想。直到今天，当我坐在明亮国度珍茹德城的一间石屋的窗前，我回想那时的画面，导师问我："如果不去书写忽略的现实，你接下来准备做什么呢？"我一时想不出答案，只好说："等待。"

"也好。"他说，"如果有一天，在混乱消除之前，你若想跟随我的旅程，就在深海的时间碎片里寻找我所在的城市吧！"

遗憾的是，我没有像导师那样，成为一名书写者，而是选择了做一名收集者。可我时常想起导师的那些话，它们连接着我的所经之地，从迪奥米拉到珍茹德，旅途中，我会偶然遇到一些自杀的人，他们像电影中被虚焦的布景，模糊地出现模糊地消失。我根本无法把握他们行进的轨迹，无论他们沉溺水底还是如石头那般滚落，我都只能担任一个旁观的路人，无法改变无法进入他们的世界。贝莱尼切的折叠者，在叠完《沙漠与海洋》后，将自己也折成了一页故事，等待阅读者前来拾起；阿尔嘉的种书人从树上掉落下来，与地上早熟的果实一同发霉；阿格劳拉，那个自杀的男人还没跳下楼就被地震的力量牵扯成一条细长的线，挂在一棵梧桐光秃秃的枝干上；那些我没有遇见的人以及未知的死者，都成了令我痛苦的根源；而在珍茹德，即使被称为明亮国度，也有一片被天使的衣裙遮挡的阴郁城区，它们不规则地分散在珍茹德的各条迷人复古的街道上，没有哪一个市民知道何时何地会出现下一个终结生命的人。他们以各种理由，勉强地、顽固又拖延地生活着，如同1986年的夜晚跃入海中的诗人那样，正在试炼几百次、几千次，只为等待月亮远离地球的某个界点。我渐渐懂得了导师所说的自杀是一种文学形式。他们书写自己，通过一种极端强烈的方式，将语言排斥到作品之外——他们为了完成这项伟大的计划，往往消耗几十年的时间，只为最后一刻的爆发。尽管没有任何修辞没有任何陈述，他们却无比渴望着自己的作品被读懂，其中不论什么理由都不会荒谬。

自从那个夜晚与导师分离，我再也没有获知他的消息。我们的方向完全不同，他是时间旅途中的书写者，而我则行走在被时间变形了的空间中，哪怕出现在同一座城市，也难以恰好于同一时刻相遇。何况，我再也无法回到1986年的那个夜晚，去攫取深海里的时间，我所能做到的，只是在混乱中随波逐流式地前行，不断遇到未来的死者，彼此从陌生到熟悉，可大部分人我还来不及遇见就已经彻底消失。

我痛苦地为那些从未到来的人与事哀悼，在珍茹德，在每一座城市，我痛苦于自己的无能为力。也许我应该听从导师的劝勉，跟随他的步伐，从一片水域中寻找死亡的隐喻。现在我却与他隔着层层叠叠看不见的世纪，究竟该如何对他说出我的困惑呢？

我需要无限广阔的空气和不停歇的风才能缓解精神压力！我跑到珍茹德的明亮河，我很想听听摇滚乐，在河边奔跑，或者大声呼喊。心情悲伤时，不适合念诗也不能长久沉思，不然忧郁会占据我整个身体。我捡起地上的石头，扑通地扔进明亮河，水花溅起，那些鱼群迅速躲避到深处。我朝着河的上游走，想看看那片薰衣草后的木屋里住着什么人。突然我听见明亮河发出奇怪的声音，一条鲢鱼从水中飞跃升空，它以我始料不及的速度重重地跌落在云朵上，最终被云层包裹，整个过程，仅仅是几秒钟的时间。我呆呆地望着那片漂流的云，它从东方向西方流动，与明亮河一样的运向。我猜想那条鲢鱼究竟会在哪一刻变成雨水呢？

就在我转身走向薰衣草场的木屋时，我听见几个年轻人的闲谈声。

“你们听说了吗？又有一个人自杀了。”

“据说他暗恋了另一个人好像有十多年，于是就在他的楼顶跳了下去。”

“他的楼顶？他是谁？”

“他暗恋的那个人。”

“他是同性恋吗？”

“谁知道呢。”

“他为什么这样做？”

“也许是为了让他暗恋的人知道他的存在。”

“我无法理解。”

“他什么遗书都没有留下。”

“他曾经好像写过一些诗——”

“……”

此刻，我的悲伤是：他们没有看见那条坠落于云朵的鲢鱼，而我也无法了解那个粉碎于大地上的男人，以及与他相关的一切故事！总而言之，明亮国度珍茹德处处是悲伤的影子。

终结・之二

“你不应该来这里，如果我是你，我会立刻转身离开。”他手握石子在城墙上刻写着我看不懂的符号。

“可是，这里究竟发生了什么？”我好奇地询问。

“你最好不要走进这座城市，一旦跨过城门，你离地狱的大门也不远了。”他扔掉手中的石头，“扎伊拉现在已经变成一座瘟疫之城了！我的朋友当中，有些人身上长出密密麻麻的黑色肉瘤，有些人缩小凝聚成一个像鸡蛋一样大小的球，还有一些人瞬间爆炸成了空气。你一定没有见过这样可怕的画面吧！如果不是亲眼所见，我也不会相信这些事，但它们确实在扎伊拉发生了。一种神秘的疾病正在人群中流窜，还会继续催生出新的感染者，直到这座城市的人全部以各种奇怪的形式从大地上消失。也许，连我也已经感染了，不过我的身体还未出现任何变化，但那种死亡的恐惧早已降临在我身上了。外来者，你知道比起面对疾病，更令人恐惧的事是什么吗？我可以肯定地说，是面对未知的死亡，一个人能够认识到自己必将死亡的事实，但是他却永远不会知道自己将在何时死去，除非他去自杀。在这等待的期间，他所遭受的折磨会比疾病本身带给他的折磨要痛苦得多！”

“扎伊拉城的医生也没有任何办法吗？”我问，其实我有点不相信这种奇怪的瘟疫会存在。

“它被人们认为是一种新生的疾病，目前医生们束手无策。可是，我不太认同一种疾病会抛弃所有病毒积累的经验，独自在时间与空间中毫无理由地产生。在我看来，没有一种疾病是新生的，它们的出现，是无数已有病毒的累加、变异、分裂、重组的结果。”他说，“因为我也是一名医生。严格来说，我是一名药剂师。你对制作药剂并不了解吧，可我，就算懂得了这些知识，又有什么用呢？”

我告诉他，我并非完全不懂如何制作药剂。“曾经我向天空图书馆借了一本《药剂学》，由阿克索所写，我接受了天堂药物理论的洗礼，懂得如何医治病人，如何炼药。可是，后来我把这本书弄丢了。”

“你说的阿克索是那位女神吗？”他问，“是那位守护人类健康，将天堂的智慧带到人间的女神吧！”

“的确如此。”

“可是，那已是几千年前的书了。那时候的疾病与现在的完全没有可比性，阿克索的智慧没能随着时间发生新变，她已经无法再保佑我们了。可现在，没有神明给予我们征兆，我们又该向谁祈祷呢？”他说，“扎伊拉城有那么多医生，那么多医学著作。在面对这场瘟疫时，所有的理论知识都瘫痪了。我隐约感到，这并非由一种单纯的病毒引发的传染，它更像是一种不断生长变化的病毒，在侵入不同人的身体后，发生不同的改变。由于每个人的体质都不一样，病毒也会受到某种影响——它们会变得更加容易摧毁个体。不仅如此，它们还会进入宿主的经验中，也就是那些已经发生过的事件：你听过的童话故事、经历的乡村生活、骑过的蓝色自行车、你品尝过的食物、捧起的河水、偷偷窥视的恋人……这些都会使得它们更加了解你、适应你。最终，病毒会成为你身体的一部分，你再也无法将自己与它分开了。它们就这样，从最初的病毒形态，变成与你融为一体的一部分，当两者完全适应时，它便立即发作，你毫无反抗的余地，只能被它主宰，变成一个怪物，或者死去！我的朋友，曾经也是我的病人，在为他们医治的过程中，我根本没有减轻他们痛苦的良药，只能眼睁睁看着他们在我面前消失——你知道看见亲人与挚友在身边突然消亡的感受吗？看见人们从健康变得丑陋，变成臃肿的怪物，身体长出奇形怪状的东西，我们到底该向谁祈祷呢？”

“我想，这就是这种病毒的可怖之处。”他继续说道，“它是无形的，无法被观测到，不论是血液中还是身体的各个组织结构，都没有病毒遗留的痕迹。它没有细胞、没有任何生物的形式，它是一种看不见的病毒，但它确实存在着，并通过看得见的方式异化人类，使人扭曲、变形，最终走向灭亡。它们似乎有意在用这种极端的方式证明着自己的存在，而一场彻底的身体爆裂就会使人体变得跟病毒本身一样,消失成虚无的状态。我不知道‘虚无’是不是一种病毒，但它的性质与扎伊拉城蔓延的看不见的瘟疫病毒有着某种相似之处。从最初到最后，不论是生活着的人还是寄宿于人体的虚无之毒，它们的终结就跟产生之前的世界一样，空旷、了无痕迹。可是我实在不明白，在虚无坚守的两端，为什么出现了一种被称为存在的事物？难道虚无才是一种永恒的存在，而我们仅是寄生于它身上的毒素吗？所以我们注定要灭亡，无法还原重现？”

“我记得阿克索的《药剂学》里有一句话是：我们所做的一切只是为了将存在之物变得更长久地存在，却不问原因。”我有点悲伤了，因为我一直以为存在是一种没有理由的正义，我们势必要为了正义而战，但我无论如何也没有料想到存在有可能是一种病毒，它寄生在虚无上，因此，在存在之前才会一直有虚无，而等到存在终结，病毒被杀死，虚无还将继续延伸下去。既然如此，我们所做的一切又有什么意义呢？我的观念在旅途中不断改变，我想起曾经在那座没有名字的城市里停留时的思考，那时候，我认为虚无中的存在是永恒的，现在我又开始将两者对立起来，我始终没有得到一个固定的答案。一想起自己会死去，在世上不留痕迹，我就胆战心惊。“我们能有什么办法呢？”我问。

“没有任何办法。”他说道，“现在，扎伊拉是世上的一块伤疤。你唯有远离此地，才能像阿克索所说的那样，暂时地长久存活。不要再踏入这座城市了，转身离去吧——”他一说完，身后便燃起了火焰，而他整个身体也变成了一团蓝色的烈火，在空中燃烧片刻后，消失得无影无踪，好像从来就不存在那样。我突然想起还未询问过他的名字，而只记得他是一名药剂师，无能为力的药剂师，奉劝一个收集者远离扎伊拉的药剂师！我不知道的是：对于扎伊拉、对于我，最终会有怎样的结局呢？我无法说清自己的恐惧，扎伊拉用它巨大的空洞凝视着我，无论我怎样匆忙地逃离，无论我奔向何方，也依然会感受到压抑的虚无在我的大脑中四处寻找侵袭的对象。

终结·之三

通过逆行的方式，抵达欧菲米亚，两股时间的力量令人彷徨、使人纵欲，并沉浸于相反的情感里。不管怎么形容，欧菲米亚绝不是一座用语言可以描绘透彻的城市。所有与神话有关的理论和修饰在面对它时都失效了。因为，那最重要的东西——改变上帝的力量、沉浸深海的时间就产生于欧菲米亚。时间在这里既顺流也逆流着，人们按照各种存在形式与他人交汇，生者与死者结伴同行，黑夜与白昼同时出现于不同街区，神与恶魔相遇又相离。没有谁能掌控欧菲米亚，没有谁为它立定规则，虽然时间早已凝固于 1986 年的海底，欧菲米亚也依然按照过去的形式延续着，从不改变。

关于时间这个令人着迷的词语，欧菲米亚人有独特的理解。《线》就是这样一本用以分析时间的书：它是一个不规则的球体，在球体表面存在无数小点，它们像蛛丝那样连接着不同的叙事空间。每当两者相交时，两个点便重叠起来，但是时间的表面不会发生任何改变，因为个体之点没有大小没有重量不会缺失不会增加。当两个点分离，它们所连接的叙述空间也会分离；与时间的形状一样：空间也是一个球体，不管是人类还是宇宙间一切事件都在空间中进行着。我们必须厘清一个观点，被时间连接的空间并非宇宙整体的概念，而是指人与物所具有的用以发生事件的空间，也就是我们常说的叙事空间（就像哈姆雷特的叙事空间与堂吉诃德的叙事空间，它们都是固定的，连接它们的时间点无法使它们产生重叠，只有一个地方能够使它们遇见：欧菲米亚）。《敲击》则是一本探讨时间终结的书，这本书写作于时间凝固之前。作者认为在时间终结的时候，空间仍会存在，不会灭亡也不会呈现出禁止状态。不过每个人都只能在各自的叙事空间中进行活动，无法出走也无法消失，即，他们将重复发生已经发生过的动作、语言、事件，不会再产生新的起点也不会与未来相遇。

《复调》改编自米切尔·恩德的童话《毛毛：时间窃贼和一个小女孩的不可思议的故事》，讲述如何打捞沉浸在海洋中的时间凝固体，使理性重现——必须将最绝望的眼泪倾泄到海里，让海水密度大于凝固体的密度，便可令它浮上海面。但是时间只存在于 1986 年的深海里，在一片无边无际的大海上航行，你很难得知自己究竟闯入了哪一个世纪的海洋……

《感知与行动》《逆流世界》《遇见上帝的时刻》等都是探讨时间的佳作，欧菲米亚的神奇就在于，它产生了时间、它讨论着时间、它已失去时间，但它无法把握时间。

在欧菲米亚，除去书写时间和阅读歌谣，散步也被认为是一种有效认识自我与时间的方式。当你正行于魔鬼与亡灵游历的街道，你看见它们灭亡，或是在火焰中出现邪恶的脸庞，不必惊讶也不必害怕，因为彼此的叙事空间并不相同，尽管它们与你近在咫尺，却隔着无数小点构成的时间距离。

如果你心生好奇，也学着欧菲米亚的逆行者在交替街或者迷惑街倒着行走，便会看见时间也在倒流，枯萎的行道树变成盛年时的青绿模样，死去的同伴转身呼唤你的名字，你们点头微笑，说起尚未遗忘的往事。

欧菲米亚最常见的情形就是如此：年迈者徐徐逆行，追忆少年时光，企图回到遥远的过去；青年人则大步向前，追赶着前人的步伐，像一颗流星。

终结 · 之四

我来到切奇利雅时，心怀忧伤，这是世界之内的最后一座城市。在世界之内已没有道路可走了。我在切奇利雅城中徘徊，古旧的建筑，世界末日般的黄昏。玩具青蛙发出嘀嘀嗒嗒的摆动，杂货店的老人问我是否愿意买下这个陈旧的紫色青蛙，我不知道那凸出的两个半圆是它的眼睛还是无意间长出的耳朵。我说，在一年前，我的朋友送给我一只类似的小青蛙，我可能不太需要它，而且，我已经长大了，对玩具不再怀着小时候的热情。老人说没事，他会等到一个购买的客人。说着，就将青蛙尾部的细线拉长，放置地上，青蛙嘀嘀嗒嗒地走动起来，细线缩回它的肚里，它便停止了动作。

“你不觉得它很可怜吗？”老人问。

“某种程度上看，它确实很可怜。但我也好不到哪里去。”我说。

“我听你的声音，不像本地人。切奇利雅没有你这样的发音。我们说话音调都很平。”他说。

“是的。”我说，“我已经走过许多城市了。说起来，是为了收集一两本有趣的小说，其实只是散散心，我也不确定自己要什么，只能沿着城市地图走来走去，仅此而已。”

这时一个小女孩来到货铺前，挑选一番，看中了那只青蛙旁边的毛绒兔，将它买走了。

“你不妨去看一场电影。”老人说，“切奇利雅的电影非常独特，会使你的心情好起来。我想，你在任何地方都不可能看到世界之内与外部结界交错的电影了。”

我想，大概是吧——也许我的心情会好起来？但其实每次看完电影后，心里只会更加空虚，看完一本书也是如此。面对“剧终”这个词语，类似的还有“故事完结”“最后一页”等，对我来说是一件痛苦的事。结束不是另一件事的起点，结束就是结束，一次不可逆转的完结，只会让我的回忆增添一分累赘。我对未来，不抱太多希望，总是沉湎过去的种种哀伤。我离开老人的杂货铺，没有去繁华的商业区和电影城，而是在切奇利雅的大学旁吃了一份炸土豆饼，不算美味。随后我在学校里逛了一圈，从食堂到操场再到教学楼，游人稀少，一个奇怪的雕像摆放在广场中央，看上去像一个人，又像一只站立的羊，总之说不清楚。

我走进那栋绿色玻璃修建的教学楼，选了一间正在讲课的教室，在最后一排坐下，一位年轻的老师在台上讲授马基雅维利，一些学生在睡觉，坐在我左边的左边，一个男生在书页上画了几只蜻蜓，现在是夏天。

6 月份的夏天，我期待听见蝉鸣，如果有热烈又急切的噪声响起，我可能就不会感到孤独了，我讨厌这种感受，被莫名其妙又变化无常的情绪影响。一种空荡荡的感觉。我抬头看着那位穿浅蓝色衬衣的老师，像某个离去的熟人，他讲到马基雅维利少年的趣事，以及他在连绵城市普罗科比亚的奇遇，说了一大堆马基雅维利的身世才开始讲《君主论》，可没过几分钟，下课铃就响了。我到走廊外吹着风，碰巧那位老师走出教室抽烟，我告诉他我认识他所说的马基雅维利。

“是嘛，我也认识，可他不认识我。”他说。

“我的意思是，我认识马基雅维利，还与他一起在普罗科比亚吃过午饭。”

他说我真会开玩笑。

他不相信我，我也没办法。我很想与他聊聊最近的城市革命，以及变形的空间，我不知道他了不了解，但休息时间十分短暂，也许不足以使话题开头。

我看见他吐出一口烟。我很早就抽烟了，他说。

烟灰落到地上。

“你不是这所学校的学生吧？”他问道。

我从外地来。因为无聊，所以进来听一听课。碰巧，你在讲马基雅维利先生。我说，他是我的朋友，不管你相不相信。

“也许你说的是真的。”他说，我没有理由不相信你。不过他既然是你的朋友，你该比我更了解他。

我比你更了解他的声音还有他爱喝的茶，我说，至于他的著作，我可不感兴趣。

他将抽完的烟丢在地上，踩了一脚。烟头熄灭了。如果时间足够，我很愿意跟你聊天，但是我得继续上课了。他说。

我看见他走进教室的背影，我不愿继续打扰他，便离开了那里。我想与他通过另一种方式相遇，而不是坐着对视彼此，如果我能提前来到这里就好了，我们会有更多的时间可以闲聊。说不定我还能带他去普罗科比亚。

离开学校后，我去了城市图书馆，其实很无聊，没有我想看的书，霸占文坛的老作家们沉溺在书写个人史的情怀里，青年作者们则总是表现出资产阶级的哀伤情调。我失去了阅读故事的耐心。我不知道自己怎么就来到了这里，切奇利雅城市图书馆，收藏着众多乏味的书籍，实在没有任何吸引我的内容，一切都过于单调。我简直不愿意坠入这平庸的陷阱里。

天黑时，吃完面条，我在一家二手书店前翻阅周边旅游杂志，一位年轻的姑娘坐在收银台前扇扇子，她问我想买什么书。我说随便看看。

你很喜欢旅游吗？她感兴趣地说。并非如此。我说，只是面前这本书的名字很吸引我，我把它举起来给她看，《逃离时间实验步骤》。

哦，是这本书啊。可这本书并未写完，因为作者一边实验一边写作，自从他成功逃离了时间，就再也没有出现过，这本书也成了未完成的作品。你想买下它吗？

不了，我说。

我什么都没买就走远了。可我又有点后悔，其实我应该买下它的。

我从大学旁的街道走出，准备折回书店，天空下起了雨，我站在一家小商店门前躲雨，猜测雨多久会停，思考买完书后又该往哪里去，找谁说说话，再去打扰一下那位讲授马基雅维利的老师吗？或者沿着时间留下的痕迹继续寻找世界之外的城市书籍，可是，我对从前规划好的路线失去了信心，一事无成的旅途似乎没有继续进行的必要，几颗雨落进了我的脖子里。小商店的老板用铁杆敲着门口的地板砖，问道：你买伞吗？

不买，我说。雨会停的。

不买你就走开，挡住我做生意了。

好吧，我走进雨里，路过石桥，向二手书店走去。切奇利雅似乎不是一座友善的城市。

终结·之五

亲爱的伦纳德，我已有好几个月没有给你写信了。自从离开你以后，我游览了伊萨乌拉、欧菲米亚、切奇利雅和其他城市。目前我正居住在梅拉尼亚，这是回程线上一座十分普通的城市。

我在城郊的河边租了一间价格便宜的房子，屋里很乱，没人收拾。因为我生病了。我的身体情况很糟糕，各种疾病夹杂在一起，我每日躺在床上，翻阅一些无聊的小说来打发时间。有时候身体发热，感觉大脑一片混沌，无法集中精力思考问题，我只能紧闭眼睛模模糊糊地睡觉，但其实根本睡不着，也没有力气做任何事，只有那些偶尔进入房间吹过我身体的凉风才让我感觉自己在真实地活着。

最近我很想去河边走走，你知道我喜欢河水，不过得等我身体好了再去，就像我们小时候那样，脱掉鞋子把脚伸进河里，踢出一长串破裂的水花。我也想在路边安静地坐一下午，抬头望望天空，观察乌云如何变化，如果下雨的话，只要不是太大的雨，我愿意被它渐渐淋湿身体。但现在我只能凭借想象来体验生活，我得在梅拉尼亚把身体疗养好，可能需要一段漫长的时间，我不知道在这期间是否会有其他疾病侵入我的身体——那就太糟糕了。但愿上帝给我一个重生的机会，能让我在有生之年将该做的事情做完，我不想抱着遗憾死去。

亲爱的伦纳德，还记得以前我们谈过死亡的话题吗？那时候我觉得死亡离我很遥远，就像星辰那样不可触及，我以为人们能够诗意地生活、诗意地死亡。现在想来，是我过于美化生与死了。我必须承认自己是一个平庸的人，就像梅拉尼亚这座平庸的城市一样。即使我们之中的任何一方消亡，世界也不会发生改变。

也许你以前没有听说过梅拉尼亚，在来到这里之前，我对它也知之甚少。在梅拉尼亚生活，我的焦虑少了许多，这座城市从建城以来几乎没有出过名人，就连作家也是最普通的那一类——没有得过任何奖项、没有创作出举世闻名的作品，不会对世界文学产生任何贡献，他们所写出的作品，仅仅是给像我这样无聊的读者打发时间而已，读完后，书里的内容完全会立刻被忘尽，就连作者的名字也不值得铭记。即便如此，梅拉尼亚的作家依然在辛勤地写作，他们是否会意识到自己的作品是最庸俗的那一类呢？如果他们得知一个外城人轻蔑的评价，是否会承认自己所做的一切对文学没有意义呢？亲爱的伦纳德，我想问问你，一部平庸的文学作品有什么存在的价值吗？这是我最近常在思考的问题。

以前的我肯定会说——它们毫无意义，它们的存在是对文学的侮辱。现在我逐渐改变了这种看法，尤其是在病重的情况下，人们看待世界的方式会彻底发生改变。我从一个无神论者变成有神论者，从唯物主义者变成唯心主义者，我希望上帝既能让那些伟大的灵魂重现，也能让平凡的事物永驻人间。我越来越觉得，是那些平淡的琐事汇合成了我的人生，我也越来越愿意去体会它们——把一扇玻璃窗擦得干净透明、将衣服折叠整齐、捧起一掌沙尘撒向天空、吃苦涩的蔬菜、散步、折一只纸飞机飞行、站在楼顶吹风、翻看字典、画一张迷宫再走出迷宫……曾经我太着迷于那些伟大的人和伟大的事了，就像每次仰望夜空时总爱看那些又大又耀眼的星星，为此我忽略了众多星辰的存在，我以为它们始终暗淡无光，其实只是因为我们相隔甚远。时至今日，我依然不知道星辰与我存在的意味为何，我只能重复先哲的语言：存在本身就是一种意义。“无意义的作品”似乎是一条悖论，作品一旦产生，即使它的作用仅仅在于供人消遣，这也是它存在的价值，你根本不知道它们究竟会于何时何地深刻地影响一个人。

亲爱的伦纳德，人人都害怕消亡，害怕变成一撮灰，于是他们总想着要在世界上留下一点印记，即使是创作最平庸的作品，对他们来说，那也是他们的一部分。你愿意从那些平庸的代表作里阅读他们的爱欲与生活吗？抛弃令人厌恶的文学理论，从既定的文学体系中逃离出来，你会发现一个更广阔的文学世界。伦纳德，你愿意去了解一个农夫的日常生活吗？与建筑工人吃一顿晚饭？或者为一位陌生的死者祈祷？你会花费一整天观看石头的运动轨迹吗？看树叶如何被风吹起？也许你会疑问，他们与你的生活有什么交集呢？他们存在与消失对你有什么影响呢？似乎没有，但是亲爱的伦纳德，你是我最熟悉的朋友，在我们不曾相遇之前，你对我的了解也为零，谁会关心一个陌生人的生活呢？何况还是一个最平凡的人的无聊生活。

我庆幸上帝能让我们相遇，你成了我的天空中一颗闪亮的星，当我寂寞的时候，我会注视你。亲爱的伦纳德，你使我知道我并非孤单的存在，在面对死亡的时候，我会少了许多恐惧。我不确定自己是否还有时间到下一座城市去，但我想上帝不至于让我如此迅速地离开这个平凡的世界。我听说如果人们始终保持心情愉悦，疾病就会远离——看来我得放肆地开心一阵，忘记烦恼，放下沉重的负担。梅拉尼亚很适合养病，在这里生活几乎没有压力，我甚至想在房屋的后面开垦一片田，种些苹果和葡萄。我觉得成为一个自食其力的农夫才是我真正的梦想，小时候那些伟大的梦：当一名科学家或者成为一个对社会有用的人，对于现在的我来说，已经没有多少吸引力了。我反而想成为一个对社会无用但生活得愉快的人，你可不要批评我。

我答应你会时常给你写信，等病好了以后，我会回来看你。

你不要以为长久没有联系是因为我忘了你，关于你的一切，我都不会忘记。我只是有点懒，写字也很费力气，我已经很长一段时间写不出文章了，不过这没关系，现在最重要的是休养身体。我准备身体好了以后就去河里游泳，你知道，夏天快来了，梅拉尼亚的河水清澈，当我跳入水中，会不会突然变成一条青色的鱼？如果那时你也正好在远方的河里游荡，我们昼夜不停地寻找彼此的流域，最终会在某条河中相遇吗？

收集者

·

十

拉班·扫马想告诉远方的朋友他看过的景色与读过的有趣的书。不过，由于语言充满缺陷，他始终无法清楚地表达自己。

欧林达城堡现在正放着《早安黎巴嫩》。拉班·扫马看见林中一棵树上长出洁白的纸叶，上面有人留下几行诗句：

那时候的天空更适合红
适合，你未沉睡前的
某种透明，如水晶
白昼之光迅疾消逝
时间轻易显形
接近水，覆盖

红色墙体的阴影
你恍然摄取一张照片
天空，一只鸟
扇动翅膀
如你点到为止的悲伤
比一颗无花果的坠亡
更轻

落款是个奇怪的符号。

拉班·扫马将这片纸叶摘下，也许在未来有一天，能够送给一位离别的朋友。就算没有，也可以自我缅怀。

拉班·扫马回到屋里，将地图上五十五座城市沿着边界剪下，贴在笔记本上，为到访过的城市添加标注，至于其他城市，则只记下名字。写下特鲁德时，他想，可能再也没有机会去了。城市地图的作用究竟是什么呢？让人沿着固定的路线前行，从一个凝聚的点到另一个点，一段可被测量的距离和慢慢改变的沿途风景。在这之间，一边期待未来一边怀恋往昔，旅人似乎是连接时间两端的线，可是，在这没有逻辑维持没有时间转动的看不见的世界，即使走到更远处——五十五座城市遥远的距离，最终仍会发现自己处于原点，究竟还能做些什么？逃避原来那个固定运行的世界，走马观花般地浪费生命。浪费，有什么事不是正在浪费地发生着呢？

埃乌多西亚，莫里亚纳……拉班·扫马手上这本《看不见的城市》已被翻阅得泛黄陈旧。他察觉到一种讽刺，产生于许多年前的讽刺再一次回到他身旁。他仍然记得在迪奥米拉告别马可·波罗的那个夜晚，他却遇见了卡尔维诺。拉班·扫马对卡尔维诺说起自己的计划——向西远行，成为一名小说收集者。

卡尔维诺立刻打断了他："如果你愿意相信我。请带上这本旅行指南《看不见的城市》，我想，它对你会有所帮助，不至于迷失在收集途中。另外，我得告诉你一条通往城市的捷径——在 1986 年，时间会凝固，你乘船去大海，在海上你会发现世界混乱的起点。那时候，一切看不见的事物也会彰显。如果你愿意前行——如果你的运气足够好。"卡尔维诺说，"但是，收集之旅可能会令你失望。因为当一切事物可被观测被接近后，就会变得与现实一样平庸。"

"失望是留给未来的。我想去这些城市走走。在城市中寻找被人遗忘的小说，去发现它们，阅读它们。看见，然后永远记住。"

"我期待你的返程。"卡尔维诺说，"迪奥米拉是一座能够使人无限等待的城市，但这不是你的起点。拉班·扫马，光线时刻在变化，且越来越剧烈地改变着。我希望下一次遇见你时，能够看见一个没有变化的你，不被时间改变的你。"他说着，抽出一张稿纸，在上面为拉班·扫马画好了五十五座城市的地图。“任何一座城市能够成为你的终点。对啦，拉班·扫马，这些城市的书籍是带不回了的。它们只属于看不见的城市，你只能凭借记忆去收集它们，永远无法占有它们。”

他回忆起那夜卡尔维诺激动地握住他的手：“祝你有个快乐的旅程。亲爱的拉班·扫马，让它们成为你生命的一部分吧。我会在看得见的世界等你的好消息。”

可现在，拉班·扫马正在忘记他读到的每一本书，爱情、仇恨、诡计……随着故事成为空白。他根本无法记住它们，阅读的意义究竟是什么？像什么都未曾经历的空洞，努力变得一败涂地！

一位旅行者走到拉班·扫马窗前的树下，在纸叶上留下了几行诗句，轻轻吹一吹叶子，然后走远了。他没有阅读它的欲望，就连刚才读到的那首诗也快忘了。也许，语言一直在被人遗忘着，欧林达，更加速了他的遗忘进程。人们走过又消失，世界复归平静。诗句从嘴唇上逃逸，一场即将结束的晚宴、一幅颜色变浅变淡的画作。吊诡的是：人们在忘记，欧林达这座城市却在铭记。无名诗人们留下的诗句，偶尔飘在天空，为人们营造一个空寂的梦，偶尔落在火堆里，在火焰中，成为热情与激情，有时候，它们落在潮湿的地上，从纸上长出鲜艳的蘑菇，有时候被燕子衔去做成巢穴。它们在欧林达存在着、生长着，一笔一画，每个词语，欧林达始终记得……

附录：游戏卡片

你打开了这份失落已久的游戏盒子，是想和谁一起玩儿吗？此刻你身旁有朋友吗？没关系，这些游戏即使一个人也能玩儿。在你选择卡片之前，请让我简单说明它们的由来。

盒子里一共有三十一张卡片，包括一张王牌（“收集”，用作说明）和两张副牌（“基督”与“炼金”，只供基督徒使用），剩下二十八张正牌，你可随意挑选。制作游戏卡片的人已不知其名，大部分卡片在讲述他自己的游戏故事，不过有一两张出现了小甘这个名字，或许是他的朋友。我们只知道他们生活在古老的莱萨城，对其他的消息一无所知，也许，你可以在玩耍时发现他们的秘密？

既然如此，请开始你的游戏旅程吧！

王 牌

收集游戏：19 世纪的莱萨是一座闻名世界的收集城市。

收集者驻足此地进行收集贸易活动，这其中，涌现出了许多收集大师：声音收集先锋波波，星球收集三杰冯氏兄弟，以及游戏收集开创者一马。一马先生一生收集了两万五千种游戏，至今仍保存于莱萨游戏博物馆中。他不仅是世界上第一位游戏收集者，也是一位杰出的游戏理论家。他提出了“游戏渐变论”“游戏连接论”“跳跃进入”等概念，尤其是他的“平面游戏”与“空间游戏”假说，对现代虚拟游戏的产生、发展起到了至关重要的推动作用。

副　牌

基督游戏：基督棋盘呈十字架形，“十”字的四个顶端加上中间交叉部分共有五个棋点，这项游戏因此也被称作“连十字游戏”。1685 年，一位基督徒在莱萨城传教时创造了这个游戏。规则很简单，两人下棋，谁先将三颗棋子连成一条线谁就胜出。棋盘上共有五个空格，不难看出，若想获胜，必须首先将棋子落在中心位置，这是连十字游戏永恒的真理——第一个下棋的人才有可能胜利，第二个人永远不可能胜出。这场宣扬教旨的博弈还有另一层深意，在棋盘外围的四个点上，两人可在任意位置落子，当后者只在南北或东西的两点上落棋，第一个人必然取胜，若非如此，两人都将失败——前者是否能够胜出，完全由后者决定，彼此的未来都掌握在对方手中。基督徒说，每当你感到烦忧，不妨玩一场基督游戏，站在十字架面前，许多事情都变得简单了，没有什么事会比思考“如何让后者获胜”更困难。

炼金游戏：我的朋友纳良德，一位天才炼金术师（尽管他尚未炼造出黄金）。他花费数十年时间研究中世纪的炼金典籍，结合现代技术，制作出了一张改良后的炼金图。其中，水是各元素的介质，首先将金星放入水中浸泡一小时，加入五克坤和五克铅，再依次放入土壤、海神、空气与生命，轻轻摇晃使各元素充分融合，放置炼金炉中熔炼，在这个过程中，水会不断蒸发，因此每隔一小时，就得向熔炉中加入清水，要想炼制出黄金，需要昼夜不停地燃烧 79 年，根据纳良德的计算，金元素的原子序数是 79，等待漫长的 79 年才能见证黄金出现的时刻。我的朋友纳良德对此深信不疑，每当经过莱萨车站，我都能看到他守护在炼金炉旁的身影，枯萎的皮肉包裹着比金子还坚硬的骨头。

正 牌

隐语游戏：很少有人会想起古老的隐语游戏，但在繁杂的现代生活中，隐语尤其重要，或许，它为人类的交流困境指明了一条道路。隐语指的是将话语隐藏起来，只通过简单的词语陈述事件，让对方在语言空白中懂得说话人的意思。这极其考验说者的留白能力和听者的理解能力。比如，当你想表达“那只鸟的羽毛掠过水面泛起清波”，你可以说“……鸟……羽……

波”，需要指明，隐语不是简化语言，也非让他人读懂你的唇语，它具有一整套完整的话语体系——在说出词语的间隙，你必须吐出一口气，大致持续两到三秒，表明你正在使用隐语表达方式。“我把……好。”“……那……来”都是隐语（省略号表示吐气），听者需要极其用心地在一片片留白中听懂对方的语意。毕竟，交流与理解，从来都只存在于尚未说出的那部分。

沉默游戏：给自己规定一个期限：一天，两天，或者一个月不说话。不管别人问你什么问题，你都不能作答。你的父母、老师，还有你的同学，他们的每一句话都可能诱发你破坏游戏规则，一旦开口说话，沉默游戏就失败了！你得装作什么都没有听见，即使听见也要做出事不关己的态度。但你越保持沉默越会听见那些平常不会注意的声音：人们的咳嗽声、呼吸声，远处空间容纳的市声，没有意义的笑声，汽车轮胎碾过地面的声音，虫鸣声，玻璃碎裂，雨滴从栏杆上聚集掉落的清脆声响，你的衣服摩擦着身体，你的鼻息，吞咽唾液的声音，有人在哭泣，哨子响了一两声——为什么会如此吵闹？你保持沉默，越安静便越觉得这个世界是如此喧嚣！

等待游戏：在等待你的这段时间，我看着手机屏幕上你的照片，二十七分钟，阳光大致偏离了 7 度，默念你的名字，想起烟，想起火车开过神农架时漫山的雾，想象我们熟悉的未来。也许该有一场雪，阻止我出门，我将不会站在莱萨图书馆的玻璃门前，但是小甘，我望着你偶尔经过的银杏街，说不出的喜悦，期待着某天你出现在我的视线里，我会漫不经心地走过去，假装不知道你的名字那样，不管你有没有停下来叫住我，不管你是不是已经忘了，我都会开心地，冲入人群，像个小丑那样，于一场漫长的等待后独自卸下所有伪装。

倒立游戏：小甘，举起整个地球根本不需要一个支点，你只需双手着地，双脚高高抬起，看起来你正倒立在地球上，实际上是你举起了整个地球。使用这种方法，你还能举起莱萨城的摩天大楼，举起围绕在宫墙外的护城河，举起逝者的坟墓，举起秋天堆满落叶的山，举起蚂蚁的尸体，举起一些被碾压的空气……

DM 游戏：DM 即 delete memory，删除记忆游戏。即使没有高科技也可以完成记忆删除，它属于一种唯心主义式的游戏。首先，在脑海中选取一项记忆片段：六岁那年偷钱的经历、第一次射精的画面、第一次作弊的记忆……选择好了吗？现在，你只需要像撕碎废纸一样撕掉它们。你说，我要删除你了哦！于是，那一份记忆片段将不再属于你。也许几个小时后，你又会记起某些经历，你就再选择一次，然后删除掉！选择！删除！选择！删除！选择！删除……

寻找游戏：寻找的前提是丢失，你需要故意丢掉某些东西：一只铅笔、一瓶矿泉水、一根细绳或者一块印章。你乘坐 71 路公交车，停靠在莱萨 · 水汀站时，你就将这些小物件从车窗扔下去。第二天你再前来寻找它们，运气好时，便能找到。可如果已有清洁工将它们扫去，你的寻找游戏就失败了。你不必沮丧，游戏失败不代表你一无所得，你仔细搜寻地面，不放过任何角落，在杂草的叶片下发现了一枚图钉、一块五角钱硬币，也许它们是另一个玩游戏的主人丢掉的物件，你把它们拾起，当作自己的战利品。有一天要是你玩腻了寻找游戏，那就把自己丢掉，随便在哪一站都可以，你等待着其他人前来寻找你。在等待期间，你可以坐在地上休息一会儿，也可以到附近的公园转转，但不要走太远。

木鱼游戏：敲木鱼，漫长地敲木鱼。美妙的声音。一把小木锤敲死一条鱼，脑袋溅出新鲜血液，小鱼小鱼，埋进土里，种下一粒柏树种子，小树小树，快快长大，五米十米，砍树伐木，制成木鱼。敲木鱼，敲木鱼，丁丁树木，美妙的声音。

板块游戏：自从板块漂移理论提出后，莱萨的科学家发现了另一种漂移理论——城市移动论。城市的移动不像大陆板块移动那样存在一个最初的聚合形态，世界上的城市从建立之初就呈现出与其他城市互相分离的状态。你认真观察每一座城市的边界，便会发现此座城市与另一块大陆上的某座城市边界刚好吻合。莱萨城与劳多米亚、特奥朵拉能够拼贴在一起，特奥朵拉北部又能与潘特希莱雅南部互相拼贴，你不得不承认，上帝早已规划出每一座城市的版图。也许他正在制作拼图的碎片，等待人类在时间中将城市修建完毕，他将一块块挑出城市碎片，改变现有城市的布局，使城市组合出全新格局。城市与城市的距离也将发生改变。如果你想知道未来的世界地图，你可以从书页上沿着城市边界将它们剪下，找到互相吻合的部分拼贴出来，你便能发现上帝的诡计！

阅读游戏：正序读完一本小说后再倒着读一遍，一本小说为你提供了两种阅读体验。对大多数人来说，正序阅读没有什么难度，倒序阅读则不是一件容易的事。倒序阅读不要求字与字、词与词、句与句、段与段之间的逻辑关系，它主要考验读者的归纳、概括、翻译能力。举个简单的例子，假设你已读完杜鲁门·卡波特《别的声音，别的房间》，现在开始倒序阅读：孩男的后身抛已他个那看了看，霭暮沉沉看了看，头过回，住站他，西东么什了下落佛仿，下一了停上边的园花在是只他。这句话翻译成人话就是：男孩朝身后看了看，有什么东西落在了花园旁，但其实花园那里只有他。正序阅读时，是他在看男孩，倒序阅读时是男孩在看他！在不同的书里，倒序阅读会产生各种错误的视角，书中的人物、时间、地点也已发生了非逻辑的改变。若读者过于追求一种理性的表达，则不太合适倒序阅读。

排列游戏：你有很多书堆放在家里，你一定也有跟我一样的苦恼：如何将它们合理编排呢？国籍、作者、封面颜色、出版时间、书籍体裁……你选择哪种方式？不如这样做，你记录下每一本书正文的第一个字：《金阁寺》——我，《阳台》——天，《所有的名字》——门，《伪币制造者》——这，《为什么读经典》——让，《疾病的隐喻》——疾，《马尔多罗之歌》——愿……你收集了一千本甚至更多书籍，把这些书的首字编排成了一篇小说，于是你按照小说的顺序排列了书籍的顺序，使它们成为一个密不可分的整体。日后若你继续购买书籍，你的小说故事也会随着新增书本的首字发生改变。除了你以外，谁都不知道你的书架就是一篇文章，只有你一个人能读懂它们构成的隐秘故事。

跟踪游戏：选择某个令你感兴趣的人——你迷上了他的眼睛、你喜欢他的衣服、你觉得他走路的姿势很好看——随便什么原因都可以，开始跟踪他吧！你发现他穿着款式和你一样的衣服走进商店，这就是你跟踪他的理由。他买了一瓶牛奶，你跟在他身后，确保不会被他发现。跟踪游戏的规则就是不能让被跟踪的人发现，否则游戏就会失败！突然，你在跟踪他的同时，察觉背后有双眼睛在跟踪你——现在不只你一个人在玩儿跟踪游戏，你回头，警觉地环视身后人群，似乎没有可疑人员存在。现在你既要安全地跟踪那个男人又要巧妙地躲开跟踪你的人！你看见拿着牛奶的男人回过头，于是你朝向货架假装挑选牛奶！很好，没有引起他的怀疑。你继续跟他出了门，走进一个小区，上楼，他在四楼打开门进了屋，你听见他的关门声，你的跟踪游戏顺利结束了。但是，你突然发现那个男人进入的是你的家！你站在门口，才知道自己在跟踪自己，同时也被自己跟踪了！

名字游戏：你想让别人以为你并不孤独，在莱萨的某条街道上你呼喊一个不存在的人，他的名字可以是德里达，也可以是辛文，你四处呼喊他的名字，假装焦急的样子——就像他家着火了一样，你急于找到他，让他回家。“你在哪里啊！辛文。”你大喊道，“辛文。”整座城市的人都会以为你在寻找一个朋友，他们相信你总会找到他的，那时候你们可能会搭着肩去球场踢足球，也有可能待在家里玩电子游戏。“辛文你在哪里！”只有你自己知道，他并不存在。“你的朋友躲藏得真隐蔽，你们正在玩捉迷藏吗？”一个路人好奇地询问你，他猜想辛文的模样。你没有理会他，继续呼喊着，那个不存在的辛文究竟什么时候会出现呢？终于有人拍了一下你的后背，“你叫我干什么呢？我们好像不认识吧。”存在的辛文问道。“我在玩一个游戏。呼喊名字的游戏。”你对存在的辛文说，“要一起踢球吗？”他爽快地答应了，于是你的游戏从名字游戏变成了踢球游戏！

乞讨游戏：你根本不缺钱，你去莱萨繁华的街道乞讨，可你仍保持着作为人的尊严：不穿破烂衣服，不拖着巨大的音响放一些令人厌恶的音乐，你站在商店门口，说道：“先生，我正在乞讨，请问您是否可以施舍我一点。”得到回复却是：“神经病！”你辗转多条街道，一天结束，只得到了三十六元钱，实在不划算。第二天，你换了一种方式去乞讨：手中拿着一个铁锤和石块，穿着从垃圾堆捡来的衣服，站在商店门口敲敲打打！“给点钱吧！”你嚷求道，“给我点吧！阿弥陀佛保佑你！”……今天结束，你赚了两百多块，比昨天多。而你就此打住，不再去乞讨，因为你并不缺钱，只是觉得无聊而已。你坐在路旁，等待一个乞丐走到你面前，当他向你说道：“先生，我正在乞讨，请问您是否可以施舍我一点。”这时候，你会把这些钱全部给他，因为你知道，他和你一样都在玩一场游戏，你们互相安慰彼此生活的无聊。

躲狗游戏：谁也说不清这个有趣的游戏出自哪里，根据词源来看，躲狗大概是 dog 的音译，但这对游戏本身没有影响。看似它与躲猫猫存在某种共性,可两者的形式与意义都不相同。在躲狗游戏中，人扮演狗的角色，狗扮演人的角色——狗要藏起来，等着人去寻找。你抱起身边的小狗，将它藏在某个隐蔽的角落，告诉它不要乱跑，你会回到原地寻找它。于是，你需要走出一百米远，闭上眼睛从一数到一百——睁开眼睛，回到小狗藏起来的地方，你发现它仍在原处，躲狗游戏便结束了。可它若是不见了呢？小狗便成为获胜方。你必须有这样的认识：有些小狗会提前出现在你眼前，有些只是故意躲开，还有的，一旦离开就不会回来。

水漂游戏：你玩打水漂吗？我很久不玩了。如果你一个人，正好在河边漫步，脚下有些破碎的瓦片或扁平的石块，你可以将它们捡起，找准角度朝河面飞旋而去。一个水花，有时候是两个、三个。有一次我在河面上打出了四个水花，却没有人看见，后来无论我怎么努力都无法超过四个，我便对打水漂失去了兴趣。直到现在，我都没有玩这个游戏了。但如果你想玩，我可以陪你去安静的乡间，用那些五颜六色的石块、黑色的瓦片和透明的玻璃去填满一条河，再填满另一条河。

寄生游戏：你砍掉树枝，双脚插入树干中，几天后，你的皮肤开始粗糙干燥，你长出红色的叶子，人们称你为赋形物，一种无法独立存在，但可以寄生在任何物体上的“生物”。你从树上掉下来，就成了泥土，你被人捧起，就寄生在人类身上，你是头发，又是衣服，是蟑螂，是一颗酸柠檬，你是一只奶牛，你正在被牛嚼食，你是牛粪或者狗屎，一条癞皮狗或是乌鸦、电线、马桶盖，你什么都寄生，因此什么都是你，你什么都不是。

跑步游戏：去跑步吧，跑到身体没有力气快要窒息死去！跑吧，反正没有人认识你，你就在莱萨城里疯狂地奔跑，从熟悉的街道跑到陌生的街道，你也不必害怕迷路，只需随心所欲地从河边跑到快乐商场，跑过那些恶心的烧烤摊，跑过巨大的乳房雕塑，跑过市政厅，穿过鱼市，在茶叶公园休息片刻，向前！继续奔跑！整座城市都有你的脚印，你一定要绝望地将体内的汗液流尽！跑到身体无法动弹，最后倒在城市墓园，如果你还剩一口气，就一点点缓慢地爬行，双手贴着地面，前进！向前爬啊！去往死亡深处！直到你快要触碰到墓园的大门，你听见一个守门员对另一个守门员说：“又来了一个死人。”另一个守门员说：“他还没有死。很不幸，这里没有空地了。”

你知道就算爬进去了也无法被埋葬，于是你悲伤地翻过身，闭上眼睛睡了一觉，等着醒来后跑回家去。

悼念游戏：你走进墓园，死者躺在坟墓里，他们与你的关系仅仅在于：你正凝视他们的墓碑。你根本不知道他们是谁，生前是什么模样，他们的声音、他们的喜怒哀乐你都不知道，也许他们在死前曾与你擦肩而过，但这有什么意义呢？你们谁也不认识谁，他们也永远没有机会认识你了。你随意蹲在一座墓碑前，为他 / 她 / 它献上一朵雏菊，如果他们中有人太年轻就离去，你想他一定还没有经历爱情吧，你去买了几株玫瑰花放在他们的名字上。如果你既没有鲜花也流不出眼泪，你可以选择安静地坐一会儿，不需要与他们聊天，你看着墓碑上简单的生平介绍，不断摇头叹息。太短了，最终还是太短了，你说。

掉落游戏：什么都在坠落，树叶、果实、香气。云化成水、鸟褪去羽毛，光落进海里。你双手合十，每当看见物体坠落，就默念道：祭坛上的香灰（园中的苹果、屋顶自杀者）纷纷落地，有的先落下，有的后落下，然而这并没有什么区别。然而，然而……

装死游戏：你对世界宣布，你准备死去一天。你躺在床上，用棉被盖住身体，就像睡在坟墓里，一动不动。人们会为你哭泣吗？你渴望收到谁寄给你的鲜花呢？你希望谁来到你的睡床抚摸你的脸对你说出隐匿心中的情话？你安静等待脚步声，成为一个死人是如此美好的事，只因你死去，人们开始爱你，原谅你的过错。你好像失去了烦恼，只等着被爱。你静静地躺了一整天，后背疼痛，身体麻木。你必须醒来面对现实：没有人来到你的墓前，也没有人为你哭泣。你死去的世界什么都没有改变。你存在着，就像不存在那样。

伪装游戏：尽可能伪装，如此危险的游戏，不应轻易被人察觉。伪装成一只三色猫，碰倒吧台的酒杯，在屋顶寻觅食物；伪装成郁金香，必要时，只在冬天盛开；伪装成一只鸟，如此你便能飞翔；你还可以伪装成一颗铀原子，等待另一个伪装成中子的人撞击你，使你爆炸，吞噬这座城市的悲伤。你不妨伪装成一个星球，脱离地球引力，向太空飞奔而去，告别莱萨，这是最有趣的方法。你最好不要后悔，错误地伪装成自己。

睡觉游戏：你如此沉迷睡觉，简直希望在梦中死去。你说，不知死亡像睡眠，还是睡眠像死亡。你一复一日地睡觉，其实是为了练习死亡，为了在那必将到来的时刻，不会感到害怕。世间没有什么事比面对死亡更重要，为此，你有了充分理由去睡觉。在梦中，你看见一些奇怪的幻影，让你疼痛，让你身体抽搐，虚无的光亮变成一把利刃，你从梦中惊醒，环视黄昏沉默的空气，市声让你更加空虚。你有多少次熟睡就有多少次苏醒，然而，你却依然学不会如何醒来面对现实。

自杀游戏：你终于对庸常的生活感到厌倦了，你向女巫寻求了一瓶致命毒药，在喝下它的那一刻，你想，你的生活已经够无聊的了，为什么连死也这么平淡？你策划了一场轰轰烈烈的自杀游戏：乘坐飞机，飞入大片的云层中，拿出女巫给你的毒药，倒在云朵上，你看见白云立刻变成乌云，黑压压一片，于是你迅速降落到地面，望着天空，锋利的闪电割裂云层，那一刻，下雨了，你在雨中欢快奔跑，你坚信自己正跑向死亡跑向地狱入口，坚信这场毒雨，一定会将你刺得遍体鳞伤。

开始游戏：“开始”是个多么奇怪的词语，它的英文是begin，法语写成 débuter，日语则是始める，有多少类语言就有多少种开始。蜗牛开始爬行，山茶花开始枯萎，水开始结冰，有趣、悲伤、无情的，一切始于开始。你在心中暗想：我开始变老了、太阳开始落山、他们开始哭泣……即使你不默念咒语，开始游戏也会适逢其时地降临，你的身上，无数人身上。开始游戏既不受时间控制，也不受人类控制，它无处不在，像空气连着空气，云重叠云。它们迅速扩散、繁衍，让人无暇顾接。人类以其有限的形体时刻沉溺在变化多端的开始游戏中，大部分人直到死去也没能完成这项游戏。

静止游戏：你在莱萨的中央大道上静止不动，双手插入裤兜，侧头仰望一只凝固于天空中的黑鸟；你也可以盘腿坐在水泥地上，摆出思想者的姿势，或者横躺着，像一尊卧佛。如果你觉得无聊，不妨选择双手抱腿蹲在墙角，观看几只蚂蚁搬运食物，此刻若没有蚂蚁，就等待它们前来，你得相信，只要时间足够长，一定会有蚂蚁跋涉而来只为被你观看。静止的游戏适合一个人玩，你的时间因为身体静止而变得缓慢，你安静地成为一座雕像、一个永存的死者。人们从你身边陆续走过，他们正随着时间的步伐加速流动、衰老、死亡。

海绵游戏：挤海绵又叫作挤时间游戏，它出自于游戏大师鲁迅的名言："时间就像海绵里的水，只要愿挤，总还是有的。"想要玩这个游戏，需要准备一块海绵、一盆水、一个空盆子，你将海绵放进水中，等它吸满水分，再将它身体中的水挤到空盆子里，你看见水分一点点被挤出来，时间就在挤海绵的过程中被挤掉了！多么神奇的过程！等到海绵被挤干再也挤不出水来，游戏也就顺利完成了。如果你忍不住玩了一下午挤海绵游戏，结束时依依不舍地放下海绵，你会惊讶地发现自己竟然挤掉了一下午的时间！

未来游戏：你想出现在五米外的河边，你得走出五米达到河边。你想坐在草地上看书，你得先小心翼翼地蹲下，用膝盖，而不是脑袋、手指或者头发，用你的屁股靠近草地，压下去，伸展双腿，才算完整地坐在草地上，你想看什么书都行，确保身边有一本书，不然，你就不能看书，只好望天望云，听听水声。你说你有点累了，想休息躺下来睡觉，那么，你得闭上眼睛而非关掉太阳，请不要担心有人前来打扰，我会在你身边守着直到你睡醒，直到你终于念出我的名字。

告别游戏：很久很久以前，莱萨城外部世界的一位诗人写道："为什么我花了那么多时间，长大，却只是为了分离？"诗人叫作聂鲁达，人们为了纪念他，便以他的诗为游戏命名。

告别游戏不是短暂的、瞬间的火光，它需要漫长的准备阶段，十年、二十年、五十年，甚至更长久，直到最终那一刻来临，完成告别。人们常说，告别游戏最重要的部分往往不是告别时刻，是那漫长的准备期，漫长到让人忽略会有“告别”存在，漫长的重复，漫长得令人麻木。我们穷尽一生时间，活着，只为完成一场微不足道的游戏。

后序：在看不见的城市中寻找

卡尔维诺的小说《看不见的城市》是给我写作灵感最多的一本书，我总会出其不意地从书中的一个词、一句话联想出新的故事。他曾在《为什么读经典》中写道：经典是那些你经常听人家说“我正在重读……”而不是“我正在读……”的书。我想，这句话用来形容他的作品并不为过，我常常重读《看不见的城市》，无序地，或者有序，甚至倒着读，这是其他小说无法带给我的乐趣。有时，我想，我究竟要在看不见的城市中寻找什么呢？仅仅是某个词语穿透大脑的新鲜感吗？偶尔我设想过，不如把这些城市画下来吧，使它们出现在我眼前——以色彩与线条的形式。我的确在网上看到有人做过了此种尝试，但都篇幅零散，从一座城市到另一座城市，没有具体的路线地图。也许卡尔维诺本来就打乱了时空，使这些城市混乱分布，既出现于此地又在另一处显现。就像他在最后一章所说：“我要登程走访的城市在空间和时间上并不是连续的时疏时密，你不能认为就可以停止对这座城市的寻找。”或者，卡尔维诺所写的五十五座不同形态的城市其实同时存在于一座城市中，那是他的威尼斯。忽必烈汗早已发现了这个秘密——那些城市之间的过渡并不需要旅行，而只需要改变一下她们的组合元素。“她们”而不是“他们”，足够准确，因为这些城市的名字都是女人的姓名：佐贝伊德、瓦尔德拉达、奥利维亚……也正因此，西班牙小说家米格尔·德·乌纳穆诺认为，卡尔维诺写的其实是一个女人的故事，是所有女性集合成的女人。至于卡尔维诺是否同意，我们无法知晓。

这些零散的解读让我愈发着迷《看不见的城市》，另一个吸引我的是马可·波罗，他来到东方，将幻梦带到了欧洲，并讲述出了《马可·波罗游记》。我阅读到同一时期的一本书，《拉班·扫马与马可西行记》，这是当时元代的两位中国人途径中东，辗转西方世界，后成为景教教皇的故事。而关于他们的生事，几乎不再有人提及，若不是出土的文献资料考证，他们的名字将被永远埋没于黄土中。“拉班·扫马”与“马可·波罗”，一个向西出发，一个向东行走，同一时代的两位行者，却有了不同的声名，这使我感到不满。人们应当记住拉班·扫马，记住一个与马可·波罗同时代的逆行者。出于这个想法，我便设计写一部关于拉班·扫马的故事，他也会游历于看不见的城市中，但是，与马可·波罗不一样，他的游历并非见证看不见的城市，也非描述城市的形态，而是带有某种目的，寻找某种东西——这也是我的困惑，我需要在卡尔维诺《看不见的城市》中找到什么？于是我想到了这个词语：文学。

文学。一个几乎无法被概括的词语。我却要让拉班·扫马去收集它，成为一名收集者，一个专门收集小说的人，更准确地表达是，寻找“文学形态”的人，听上去不切实际。“收集者”这个词语几乎不用任何解释，在小说里，除去主角，还有收集雨水的人，收集夜晚的人，收集香气的人（格雷诺耶，取材自聚斯金德的《香水》），收集爱情的人，收集美的人（沟口，出自三岛由纪夫的《金阁寺》），游荡者，收集水果的人……他们片刻交会，然后离别。在这种冲动下，我完成了《行者拉班·扫马的收集与爱情》，让拉班·扫马在看不见的城市中寻找看不见的小说。如同虚构的城市与现实相异，看不见的小说也不可能在现实中找到痕迹。一旦它们被带回真实世界，就会消失得无影无踪。拉班·扫马就这样在城市中有了前行的目标，不过我的这部小说仍然过于混乱，城市路线模糊不清，没有完全按照马可·波罗的反方向进行，我将它归结于想象的特质，我并不想“从尾至始”按照原书的城市名字进行排列，因为在幻想的城市里，没有逻辑才是真正的路线图。人们不一定要进入城门才算抵达它，就像卡尔维诺在《城市与眼睛·之三》写道：“去宝琪的旅人还见不到城市的影子，其实他已经到了。”

我希望读者能够理解，我想要做的，其实是对《看不见的城市》进行补充，因为我假定了《看不见的城市》其实是一本未完成的小说——如果一座城市没有书籍，没有文学的话，那么，这座城市是不具体的。这种想法实在有点傲慢，可是，任何小说的产生都离不开作者傲慢的信心。这些被我的老师称为有野心的想象力，但是在保持野心的同时，我必须时刻警惕——如何以一种谦卑的态度理解前人留下的经典。在《行者拉班·扫马的收集与爱情》的第一章，我已经提醒了自己，想要抛弃传统，寻找新的小说写法，“这几乎是一件不可能完成的事情”，但我仍然选择这样做了，因为我知道，即使失败，也是一次有意义的尝试。

在小说中，拉班·扫马见证了四十种文学形态，有许多故事都与文学史上的作家与作品进行了对话。不言而喻，我想借助这部作品，对曾经阅读的书籍做出总结，也可以称作和解。其中，“爱德克斯家族小说”的想象来自于马尔克斯的《百年孤独》与《族长的秋天》，一整个家族写一部小说，将自己的人生像废话一样一丝不苟地记录，它是对于现实、历史的反思，也在说明：千年的孤独有多么无用，因为从来没有人会去真正理解他们；在《沙漠与海洋》中，我想探讨的是关于无限的故事，“无限”这个词语在博尔赫斯的小说里已是永恒的主题，《沙漠与海洋》与《沙之书》有些联系，博尔赫斯在小说开篇提到：线是由一系列的点组成的；无数的线组成了面；无数的面形成体积；庞大的体积则包括无数体积……他构建了“沙之书”这个概念，一种无穷无尽的书：没有首页，也没有末页。

博尔赫斯处于无限中的任意一个点上，像漩涡中一滴四处旋转的水，他对无限感到恐惧：“如果空间是无限的，我们就处在空间的任何一点。如果时间是无限的，我们就处在时间的任何一点。”因此，在博尔赫斯的无限之书里，我读到了他的茫然与无所适从，最终他才会选择丢弃那本沙粒一般的《圣经》。不过对我而言，在无限的想象中，我更愿意相信存在某种奇遇与巧合——在无限的选择中，人们会编织出相同的故事。如同爱情产生的瞬间，就像沙漠与海洋，虽处于词语的两端，却能在大陆西岸有一次决然的相连。于是，当人们跋山涉水，在无数种故事排列方式中，发现了另一个与他一样序列的人后，他会在无限中找到固定与永恒，会发现，原来故事只有唯一的排列方式。克洛艾的文学形态，也是一个与无限有些许关联的故事，其中有一部分出于我对忍者与忍术的偏爱，所以设计了“折叠”这种“书术”——对书籍进行无限次折叠，使物体趋近于零。如果你正好阅读过伊恩·麦克尤恩的《立体几何》，便会发现他所设计的将人折叠不见的秘术，他使我重新认识了“折叠”这个词语，就像不断地对字数 2 进行开平方，最后无穷趋向于 0。至于莱奥尼亚无限更新的语言与书籍，出自于我对城市建设的不满，而菲朵拉城市到文学形态，则与蝴蝶效应有关。

我并不想逐篇解读我的小说与其他作家的关联，只想挑选其中我最满意的篇目，以及一些看上去“比较有趣”的篇目，至少对理解这部小说是必要的。因为我不止一次听到我的老师和同学的评价：这部小说是写给中文系的人读的，它拒绝了普通读者。或者是：太掉书袋了。可是，这并非我写作的初衷，我在小说中隐藏了各种线索，其实都是为了讨好读者。要阅读《行者拉班·扫马的收集与爱情》，一点都不难。至少要比塞巴尔德的《奥斯特里茨》简单，也比彼得·汉德克的《去往第九王国》容易多了。我期望我的读者把它视作一篇无聊的想象力漫游的作品，排除掉对于文学的既有认知，这样便能轻松地进入，轻松地退出。如果要给这篇小说添加一个显而易见的主题，那就是：它虚构了四十种不存在的小说形态。

但是如果要说，它是否还有一个主题的话，也许，与禁忌的爱情有关。其中拉班·扫马既在寻找一本书，也在与一个人错过又相遇，他必须面对自己的欲望。读者不妨按照这样的篇目顺序阅读：

《流体·之二》——在《沙漠与海洋》无限的序列中，找到一个与你相同序列的人。

《破碎·之一》——当身体与性欲的词汇被禁止，城市一片洁白空虚。

《破碎·之四》——塞尔努达的诗句：你证明我的存在。在禁忌的年代，我仍要说出我的语言。

《欲望·之四》——当我们拥抱一个陌生人的时候，我们的欲望与感官又被谁控制？“因为我和你一样”，这是拉班·扫马被施舍拥抱的唯一理由。于是在多罗泰亚，无数错乱的欲望纷纷迷惑人们的眼睛。另外,《〇》这本书名,来自波莉娜·雷阿日《O娘的故事》。

《无限·之二》——女人对于丈夫与爱情的寻找,只是在进行词汇体验。

《无限·之五》——这大概是我最满意的一篇,不只因为这篇写的是我自己,一个社交恐惧症患者的故事,其中还引用了我最爱的箴言,出自克尔凯郭尔的《恐惧与战栗》:写作吧/为谁写作?/为那已死去的,为那你曾经爱过的。/他们会读我的书吗?/不会!在结尾部分,我选择了书中的另一种回答:是的,他们会在后代人中重现。我想,这是许多作者坚持写作的信念了。那时候,我的确抱持着为所爱的人写作的心,也是这种决心推动我完成这部小说。

《终结·之二》——扎伊拉城无法治愈的疾病,是在隐喻艾滋。

《终结·之三》——想与所爱的人相见,也许,逆行是最好的方式。

《终结·之五》——这是我对于这部小说最彻底的否定,我已经在此说明:我承认自己创作了一部平庸的作品。但平庸并不是没有意义的。它只会被所爱的人读到,在所爱的人眼中,多么无聊的现实,多么普通的沙粒都会变得弥足珍贵。

我不知道读者是否会将这部小说当成爱情小说来看,也许是我过多地隐瞒线索,但爱在这部小说中,是不可缺少的分量,在我想象出的文学形态里，爱是将它们联系起来的引力。我尤其喜欢《欲望·之五》，与托尔斯泰的《安娜·卡列尼娜》进行对话，在这篇小说里，创造出沙漠种书人的职业，而他爱上了种出的名词果实：安娜·卡列尼娜。另一篇《无限·之二》中，女人通过修补词语寻找失去的关于丈夫的记忆，这篇小说还有另一个名字，就叫《修补词语的女人》，我设想过将它写成一篇独立的小说。

读者能够在许多篇目里看到不同的爱情理解与想象，这部小说，既是关于文学与语言的，也是关于爱情与政治的，因为文学包罗万象。不过我倒没有斯特恩写《项狄传》那样百科全书式小说的勇气，我只能将自己所设想出的文学与爱情融汇起来。它是私人的，因而不具体，它是想象的，因而与现实拉开了距离。它的唯一用处，就是为了所爱的人与逝去的人在未来重现中看到。对于读者，我想，它的用处和其他小说一样，打发时间，短暂地逃离现实再回到现实。